AF306137

UNE

FAMILLE ROYALISTE

Irlandaise et Française

ET

Le Prince CHARLES-ÉDOUARD

NANTES

IMPRIMERIE ÉMILE GRIMAUD ET FILS

4, PLACE DU COMMERCE, 4

1901

UNE FAMILLE ROYALISTE

IRLANDAISE ET FRANÇAISE

(1689-1789)

CHARLES-ÉDOUARD DONNE SES INSTRUCTIONS

UNE

FAMILLE ROYALISTE

Irlandaise et Française

(1689-1789)

Semper Ubique Fideles

NANTES

IMPRIMERIE ÉMILE GRIMAUD ET FILS

4, PLACE DU COMMERCE, 4

1901

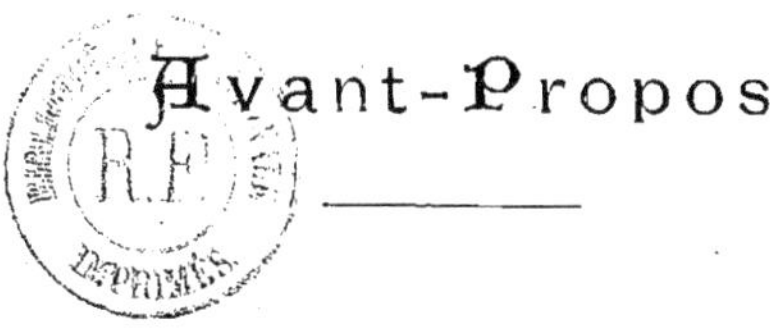Avant-Propos

Semper Ubique Fideles.

En classant les Archives de Serrant, j'ai trouvé des lettres adressées à Legrand, signées Douglas. L'allure mystérieuse, le ton amical, mais quelquefois impératif, de cette correspondance, est étrange et incompréhensible.

Un billet, découvert récemment, du prince Charles Stuart à Antoine Walsh[1], donne le mot de l'énigme : « Dorénavant, mon adresse est Monsieur Douglas. Souvenez-vous que, pour tout le monde, vous êtes Monsieur Legrand ».

C'est donc à Walsh que cette correspondance est adressée, par le Prince de Galles.

Continuant mes recherches, j'ai réuni de nombreux documents, qui donnent des détails, nouveaux et inédits, sur la vie errante des princes exilés, et sur leurs rapports avec la cour de Louis XV.

La correspondance du Prince de Galles commence en 1745.

Les événements de cette époque semblaient favoriser les projets du Prétendant. La victoire de Fontenoy, l'appui promis par Louis XV, avaient ranimé toutes les espérances du roi Jacques, et déterminé le Prince de Galles à tenter une descente en Angleterre. — Le 2 juillet 1745, la frégate le Dutillay levait l'ancre de la rade de Mindin, pour le voyage d'Ecosse ; le Prince Charles-Edouard était à bord, et

---

1. *Antoine Walsh, descendant d'une famille Irlandaise, né à Saint-Malo en 1703, mort à Saint-Domingue en 1763.*

débarquait, le 11 août, à Lochnanough, pour soutenir, les armes à la main, la cause du roi, son père. — L'intérêt de la France était de voir réussir les projets du Prétendant. Louis XV, pour soutenir l'expédition Jacobite, avait donné l'ordre de réunir des vaisseaux à Dunkerque : 18 bataillons d'infanterie et deux escadrons de cavalerie formaient un corps de débarquement. Maurepas, chargé d'exécuter les volontés du Roi, pressait l'organisation et le départ des troupes. Le commandement de la flotte française était confié à Antoine Walsh, serviteur dévoué des Stuarts. C'est sur sa frégate le Dutillay *que le Prince de Galles venait de passer en Ecosse. Tout se préparait en France pour embarquer les troupes et mettre à la voile vers le mois de mars 1746. Des retards, des difficultés, dont la cause est inconnue, empêchèrent le secours d'être prêt en temps utile. Le Prince Charles-Édouard, abandonné à ses propres forces, était battu à Culloden, au mois d'avril 1746. La cause des Stuarts était perdue, la descente des Français en Angleterre, contremandée.*

Une correspondance d'Heguerty [1], parlant du projet d'expédition en Angleterre et de son organisation, commence cette publication. Des lettres patentes des Rois de France et d'Angleterre terminent ces vieux souvenirs d'une famille royaliste.

---

1. Heguerty, Irlandais, établi en France et devenu armateur.

UNE FAMILLE ROYALISTE

Irlandaise et Française

(1689-1789)

Monsieur WALSH

A Paris le 26 de Décembre 1744.

Monsieur,

Êtes-vous toujours de sentiment que j'aille en avant pour demander au Roy un navirre de guerre de 50 à 60 canons auquel nous joindrions une corvette pour convoyer 4 à 5 bâtiments de 3 à 400 tonneaux chargés de vivres que nous enverrions à la Martinique et pendant que ces bâtiments feroient leur traitte, le navirre et la corvette yroient croiser vers les Isles angloises au vent.

Ma Société de l'Emeraude veut entreprendre cet armement, et tandis que vous seriez à Rochefort Elle vous prieroit, sy vous vous interessez avec nous, de faire tout de suitte l'armement du vaisseau de guerre que le Roy pourroit nous y accorder, il ne faut point penser au *Jason* on ne nous le donnera point.

Cy joint un extrait de la lettre qui fut écritte à M^r le Comte de Maurepas au mois de may dernier, par un particulier de Londres sur les avis duquel on peut statuer. Il paroit par cet extrait que les 4 vaisseaux étant partys vers le mois de Juin dernier avec des vivres et des munitions pour deux ans et demy leur dessein seroit de croiser pendant un an au moins dans les parages de nos comptoirs, à la cote de Malabar et à celle de Coromandel ; en supposant qu'ils ayent doublé le cap dans 7re ou 8re, il n'est pas vraysemblable qu'ils soient préparez

pour le repasser dans la première ou seconde mousson de l'année prochaine,
c'est a dire en feuvrier ou may prochain, d'ou je conclus que ces quatre navirres
partys pour l'Inde ne sauroient nuire au projet que nous avons formé que
Mr Pépin de Bellisle[1] aille au Cap ou qu'il croise au vent de Ste-Hélène, il ne
trouvera seurement pas ces vaisseaux qui semblent n'etre destinez qu'à proteger
leur Commerce et a nuyre a celui de notre Compagnie ; j'estime (soumettant
mon avis au votre) que notre projet d'armement doit tenir.

J'ay l'honneur d'Etre avec vérité
Mon cher Monsieur
Votre très humble
et très obéissant serviteur
D'HEGUERTY.

———

Depuis ma lettre écritte Monsieur on est venû me prier de m'informer si je
ne pourrais pas troûver un amy qui fut en état et dans la volonté de preter
200 livres sur des contrats de l'hôtel de ville, dont on passeroit une vente dans
touttes les formes et dans le cas ou cette sômme de 200 livres ne seroit pas
exactement remboursée dans le terme d'un an les contrats sur l'hotel de ville
pour la valeur des susdits 200 livres resteroient en toute propriété au prêteur,
de sorte qu'il n'y auroit aucune fâcheuse suitte à craindre. J'ay été sollicité de
m'adresser à vous en premier lieu par le désir que l'on auroit de vous avoir cette
obligation plustot qu'à tout autre ; de vous à moy, c'est le Prince de Galles qui a
besoin de cette somme, vous jugez bien que ce n'est pas pour en faire bombance ;
mais pour faire emplette de choses nécessaires à ses vues, mandez moy sy par
vous et vos amys vous pouvez luy faire ce plaisir, on ne vous demande rien sy
l'on ne vous donne touttes les seuretez que vous pouriez raisonnablement demander au Prince et au Roy son Père. J'attendray sur cela votre réponse pour la
communiquer a la personne qui m'a chargé de vous en écrire de la part du
Prince.

J'ay l'honneur d'être sans réserve
Mon cher Monsieur
Votre très humble et très obéissant serviteur
D'HEGUERTY.

Je n'ay pas besoin de vous recommander un sylence parfait sur cecy.

---

1. Pépin de Bellisle capitaine de vaisseau de la marine marchande.

Monsieur WALSH

A Paris le 9 de Janvier 1745

Monsieur

Je doy réponse aux trois lettres que vous m'avez fait l'honneur de m'écrire le 31 du passé, 2 et 5 de celui cy, a la 1re etoit jointe la lettre que vous a ecritte Mr Hibre de Rochefort que j'ay communiqué à M. Pellevin lequel a envoyé de nouveaux ordres aux officiers du Port pour faciliter et hâter l'armement de l'*Apollon*.

Vous proposez de joindre le *Dutillet* aux trois navirres que nous nous proposons d'envoyer en Amérique, c'est à merveilles, mais je pense que lorsque les deux navirres qui iront a la Martinique et a la Guadelouppe y auront pris leurs retours, devront être convoyes par le vaisseau de force qui nous sera donné jusqu'à la Caye St-Louis ou nous enverrons les deux autres navirres y compris le *Dutillet* pour revenir ensemble de conserve, il ne seroit pas ce me semble prudent d'abandonner a son sort le vaisseau de charge qui allant porter à la Caye St-Louis des vins et des farines reviendroit seul, chargé de sucres voicy donc ce que j'ymagine sur ce projet.

En supposant que l'*Apollon* soit le vaisseau de force il convoyeroit quatre navirres savoir :

Le *Redoutable* de 340 tonneaux chargé de provisions pour la Martinique.

Le *Vainqueur* de 230 tonneaux chargé de provisions pour la Guadelouppe.

L'*Elisabeth* de 400 tonneaux chargé de vins et farines pour la Caye St-Louis.

Le *Dutillet* chargé de poudre d'armes à feu et armes blanches cordages etc. partie pour la Martinique et partie pour la Caye St-Louis ou le tout pour la Caye.

Lorsque ces vaisseaux seroient arrivés a la Martinique ils se séparoient c'est à dire que le Dutillet convoyerait de la Martinique a la Guadelouppe le *Vainqueur*, et de là continueroit sa route avec l'*Elisabeth* jusqu'à la Caye de St-Louis, ou ces deux vaisseaux attendront l'*Apollon* qui après avoir croisé pendant que le *Redoutable* et le *Vainqueur* feroient leur traitte reviendroit a la Martinique convoyer le *Redoutable*, de la passeroit a la Guadelouppe pour y prendre le *Vainqueur* qu'il convoyerait tous deux à la Caye St-Louis pour partir tous 5 ensemble et revenir en France ; comme il s'en faut de beaucoup que je n'aye votre expérience et votre capacité, je m'en rapporte a vous.

Vous avez fort bien fait de défendre que les gens de levée ne passassent à Rochefort que lorsque l'*Apollon* serait pret a prendre la mer et je pense qu'il ne faut rien hater sur cet armement, attendu que le meilleur usage que nous puissions faire de ce navire sera de convoyer les susdits vaisseaux en Amérique et d'y faire la course pendant la traitte, je suis de sentiment que le ministre ne nous l'accorderoit pas pour aller à la Vera Cruz attendù qu'il n'y a point de course a faire dans ces mers là, ou il n'y a que le commerce des Espagnols qui se fait par cy par la. Vous ne devez pas songer je pense à l'envoyer a Carthagene ou il y a encor beaucoup de marchandises seches non vendûes, et ou les farines et vins seuls, se vendroient bien, (je suis depuis peu bien informé de cecy) or il n'y aurait a se dedommager d'un armement aussy considérable que sur le fret des piastres en retour, c'est là assurement le seul objet, mais vous jugez bien que Mr Vincent qui a un registre vous sera préféré, a moins que vous ne soyez seûr que le trésor de Quito soit arrivé a Carthagene, auquel cas votre maison de Cadix pourroit aisément obtenir un régistre considérable. Ecrivez a Cadix vous aurez réponse avant que l'*Apollon* soit prêt, et au pis aller nous pourrons en obtenir un autre, mais faittes je vous prie attention que sy j'obtiens permission pour un tel voyage, il faut que vous me cediez un tiers dans la commission tant des achats que des retours soit pour Carthagene soit pour la Vera Cruz, vous devinerez aisement la raison de cette cession je vous écris cecy sous le sceau d'un secret inviolable[1]. Je vous souhaite un prompt rétablissement et suis sans réserve V. T. H. S. Je me flatte que nous nous ferons adjuger les vaisseaux sus dit a leur vente.

D'Heguerty.

Monsieur WALSH

A Paris le 13 de Février 1745.

J'ai reçu mon cher Monsieur l'honeur de la ve du 9 c^t et y joint une lettre pour M. Pellevin a la quelle j'ay joint celle que je lui ay ecritte, la goutte qui me retient au lit depuis 15 jours ne me permet pas de faire le voyage de Versailles que je ferois sans hésiter pour représenter au ministre l'irrégularité de son procédé relatif à vos poudres, j'en ay mandé mon sentiment avec vivacité a Mr Pellevin vous saurez ce qu'il m'aura répondù.

---

1. Pour donner un intérêt au Prince de Galles.

Mr de Maurepas m'a refusé tout net la permission de faire passer l'*Apollon*
dans nos Isles, il est vray que s'il le permettoit, il agiroit diametralement en
opposition a ce qu'il a projetté pour les convoys. Au reste nous ne pouvons
prendre aucun party determinant, que vous n'ayez reçeu vos avis de Cadix.
Mr Vincent qui sort de la maison m'a dit qu'il attendoit touttes ses instructions
par l'ordinaire qui doit arriver d'Espagne ce soir, ce seront les lettres d'Espagne
qui nous dirigeront. Mais permettez moy de vous représenter que sy l'*Apollon*
alloit seul à St-Domingue son voyage n'y seroit pas aussy avantageux sy vous
ne comptez y charger que 300 tonneaux dont 200 de vin et 100 en farine.

Ce voyage ne seroit avantageux, en supposant que le ministre le permit, qu'au
tems que l'*Apollon* seroit accompagné d'un navirre de charge de 350 à 400 tonneaux, alors il seroit fort bon, on pourroit charger ce vaisseau de beuf beurre
chandelle vins et farines.

Ces vaisseaux passeroient par la Martinique ou la Guadeloupe ils y vendroient
leur beuf et du beurre et prendroient en retour du cotton et du caffé, de la ils
descendroient à St-Domingue ou ils vendroient leurs vins et farines, et l'on
chargeroit sur l'*Apollon* autant qu'il seroit possible d'indigots, et du sucre sur
le navire de charge, par ce moyen l'on pourroit faire un grand voyage ; faittes
attention que si le ministre nous accorde cette permission ce sera sans doute a
condition de payer 8 pour cent sur les retours indépendemment du 5e du fret sur
l'*Apollon*. Mais comme je vous l'ay déjà dit nous devons attendre que vous
ayez reçeu vos lettres de Cadix ; je vous envoye cy joint coppie de la lettre que
j'écrivis le 1er de ce mois a M^r votre frère a Cadix.

J'ai écrit a Mr de la Cucurtiere pour luy demander un Maitre entretenû a
Rochefort, j'attends sa réponse je pense qu'il me fera ce plaisir j'ai sû la maladie
de Mr de Bellile je suis charmé qu'il soit hors d'affaire.

Il est bien singulier que je n'aye aucune nouvelle de mes navires Irlandois.

Ma fregatte a fait depuis peu de jours 4 prises dont une revenant d'Antigues
chargée de sucre, de cotton et de 23 dents d'éléphant, les 3 autres chargeez de
vivres sortant de Corke pour la Jamaique j'estime que ces 4 prises peuvent valoir
200/^m"

---

18 Février.

Je vous confirme Monsieur ma dernière du 13 c^t et j'ay vû depuis M^r le Comte
de Maurepas il m'a dit avoir reçeu votre lettre par laquelle vous luy proposiez
d'envoyer l'*Apollon* aux Isles pour y convoyer des batiments et y faire la course,

ce qu'il refuse absolument, et sur ce que je luy ay representé que je vous avais fait part de mes ideez sur ce vaisseau, qu'il convenait infiniment mieux de destiner pour la Vera Cruz il a consenti à ce voyage, il faut tout vous dire c'est que Mr Pellevin l'en avoit prevenû la veille.

Mr Vincent est obligé de s'adresser à Mr Porée pour commander son vaisseau l'*Elisabeth* au défaut de Mr de Bréville qui a refusé.

Entre nous sy vous ne croyez pas la tête de Mr Bellisle assez neuve pour commander notre *Apollon* dans un voyage de cette consequence donnez-luy au moins un second, expérimenté, sage, qui ayt déjà fait ce voyage et qui sache la langue, au surplus cette navigation est aussy aisée que celle de St-Domingue.

Je vous salûe et comptez sur moy inviolablement ayant l'honeur d'Etre tres parfaittement Monsieur votre tres humble et tres obéissant serviteur.

D'Heguerty.

Monsieur WALSH

A Paris le 24 de Février 1745.

Mon Cher Monsieur,

Les lettres d'Espagne que l'on attendait le 13 n'arriveront que ce soir nous verrons ce qu'elles porteront a Mr Vincent.

Ne seroit-il pas tems de songer des a present a l'armement en grand que nous avions médité en petit, ne pourroit-on pas des aujourdhuy s'arranger avec le ministre pour 4 ou 5 vaisseaux de guerre ou fregattes, et de s'assurer ensuitte d'une partie de leurs provisions que l'on enverroit au Cap Verd pour derober plus parfaitement notre dessein aux enńemis ; je me flatfe de trouver icy une bonne partie des fonds propres a cette entreprise mandez moy sur cela votre sentiment.

J'ay donné ou plustot j'ay envoyé a Mr Chauvel directeur de l'armement de la fregatte l'*Emeraude* une lettre de recommandation et de credit aupres de vous, je vous prie de lui faire politesse ; c'est un bon et franc negociant, il passe a Nantes pour y assister a la vente de l'*Elisabeth* et de son chargement où nous pourrions nous rendre adjudicataires de l'un ou l'autre ou peut etre des deux s'il a besoin d'argent vous pourriez luy en fournir en prenant ses lettres sur moy auxquelles je feray tout honneur.

J'ay l'honneur d'Etre tres parfaitement mon cher Monsieur, votre tres humble et tres obeissant serviteur.

D'HEGUERTY.

———

27 de Feuvrier.

Depuis ma lettre écritte Monsieur je viens de recevoir l'avis suivant.

Le 13 Feuvrier, le *Jerzay* de 60 canons et le *Ludlow Castle* de 40 firent voile des Dunes pour Spethead avec les batiments destinez pour le dehors.

Le 16 Feuvrier il restoit aux Dunes le *Winchester* de 50 canons, le *Harvich* aussy de 50 canons, il y avoit de plus 5 vaisseaux de guerre hollandois avec trois navirres de la Comp^ie des Indes qui devoient en partir bientôt sous l'escorte des hollandois.

D'HEGUERTY.

Apres le depart de ce convoy je croy que l'on pourroit aller aux Dunes.

———

MONSIEUR WALSH

Paris le 10 de Mars 1745.

J'ay reçeu mon cher Monsieur l'honneur de la votre dattée de Rochefort Elle m'aprend que vous y Etes arrivé en bonne santé dont je vous félicite je n'ay jamais douté que Mr de Bellisle ne fut accueilly et secourû dans son armement, independemment de ce que je l'ay fait recommander, il a par luy meme tout ce qu'il faut pour gagner l'estime et la bienveillance des personnes en place, puisse mon fils marcher un jour sur ses traces.

Je pense que sy l'*Apollon* est accompagné de deux corsaires de force il peut aller tenter l'aventure aux Dunes, ou il n'y avoit au depart d'un particulier arrivé depuis 3 jours de ce pays la que deux vaisseaux de guerre avec tiers d'equipage, et ils restaient aux Dunes pour prendre de force, partie des equipages des navires qui rentroient dans la rivière de la Tamise ; il y avoit aussy plusieurs navirres descendus de la Tamise qui devoient passer sous convoy à Spethead.

Sy j'obtiens coppie du projet de la Bourdonnaye que je vais demander je vous l'enverray, Mr Pellevin va songer aux moyens d'arranger cette entreprise, vous ferez bien de votre coté de m'envoyer les cannevas de votre plan que je travailleray sy ne vous ne voulez pas vous en donner la peine, pour le présenter ensuite a Mr Pellevin qui l'incorporera dans son projet, et lorsqu'il l'aura achevé je vous l'enverray, vous pourrez tirer de Mr Buttler les lumières qu'il a sur cette entreprise, elles serviront beaucoup a eclairer Monsr Pellevin, je pense qu'il n'y auroit pas d'inconvenient que vous engageassiez Mr Buttler a lier commerce de lettres avec moy sur cette affaire, au surplus il n'y a rien qui presse encor sur cela, vous aurez le tems de le voir et de vous aboucher ensemble sur les mesures, le nombre de vaisseaux, et celui des trouppes.

Il ne faut plus songer aux deux fregattes a construire a Brest ou il n'y a ny mats ny bois ny chanvre.

Le vaisseau de 50 canons à construire a Bayonne doit etre donné aujourd'huy ou demain a Mr Vincent, il offre 20.000 ecus comptant pour qu'on luy livre le vaisseau avec ses armes agres et apparaux au mois d'aout prochain, ces 60.000 fr. sont pour un seul voyage a la Vera-Crux, je luy en abandonne ma part, il s'est conduit envers moy avec peu de délicatesse.

O'Brien m'envoie le billet cy joint.

J'ay l'honneur d'Etre sans reserve mon cher Monsieur votre tres humble et tres obéissant serviteur.

D'Heguerty.

———

Dunkerque ce 8e Marx 1745.

Monsr D'HEGUERTY

Monsieur,

Je reçois dans ce moment des nouvelles de mon amy d'Ostende Je vous en fais part, pour remplir ma promesse on equipe a Portsmouth une escadre de vingt huit vaisseaux, destinés dit'on pour le service de la Manche. Il n'y a pas un seul vaisseau de guerre dans les dunes celui qui a passé Mr Debellisle en Anglett^{re} est destiné avec les deux fregattes pour croiser dans le nord, un vaisseau neuf qui descendoit la Tamise a esté renversé dans la rivierre le capitaine et plus de deux cent personnes ont esté noyés par cest accident. J'ay l'honneur d'estre bien parfaittement Monsieur

Votre tres humble et obeissant serviteur,

O'BRIEN[1]. ·

Monsieur WALSH

A Paris le 13 de Mars 1745.

J'ay eu l'honeur de vous ecrire Mon cher Monsieur le 9 de ce mois j'ay depuis celuy de la votre du 5. Le party du Ministre est pris nous n'aurons que les 50 soldats ordonnez. Envisagez cet ordre donné comme une veritable grace attendû les circonstances. L'envie a eté de tous tems il n'y a que les envieux qui meurent, puisse Mr de Bellisle[1] nourrir cette malheureuse passion jusqu'a lui donner une indigestion mortelle.

Les ordres qui vous permettent de raser les dunettes de l'Apollon partent par ce courrier, vous ferez votre soumission de les retablir lorsque nous rendrons le Vaisseau au Roy.

Je croy que l'on me confiera le memoire de La Bourdonnaye je l'ay demandé, je vous le feray passer; j'ay haute idée de la grande affaire, la seule difficulté consiste a obtenir des Vaisseaux pour etre commandez par des particuliers et pour commander les 1000 hommes de Marine, Mr Pellevin va travailler aux moyens de lever touttes les difficultez qui pourroient naitre, retarder et peut etre faire echoüer cet excellent projet; je feray mon possible pour que nous n'ayons que des officiers choisis de la Comp^{ie} et des Malouins de votre choix pour commander ces Vaisseaux, soyez persuadé que les officiers de la Marine qu'on employeroit dans cette expedition seroient au desespoir de se voir commandez par des particuliers tirez du Commerce, et seroient capables sy le succes dependoit d'eux de le faire echoüer.

Je vous previens que Mr Pellevin compte que l'Apollon servira a cette expedition.

1. O'Brien, Irlandais établi en France, serviteur dévoué des Stuarts.
1. Pepin de Bellisle, capitaine dans la Marine marchande.

Vous trouverez cy joint l'avis que j'ay receu de Dunquerke sy l'on peut joindre a notre Vaisseau 2 Corsaires de force s'ils ne trouvent personne aux Dûnes ils ne sauroient manquer de rencontrer ce Vaisseau et les deux fregattes qui ont mené Messrs de Bellisle en Ang^{re}. Les Gazettes de Hollande du mois de Janvier ou Feuvrier dernier vous diront de quelle force ce Vaisseau et les deux fregattes sont.

Mille compliments d'amitié et de cordialité je vous prie pour Mr de Bellisle. Embrassez mon paresseux fils pour moy.

J'ay lhoneur d'Etre sans reserve Mon cher Monsieur Votre tres humble et tres obeissant Serviteur

D'HEGUERTY.

Monsieur WALSH

A Paris le 30 de Mars 1745.

J'ay receu la votre Monsieur encor sans datte sous le ply de laquelle etoit votre reconnoissance au nom de Mrs Pellevin et La Porte que j'ay remis au premier, cette cession d'un 1/16 est venûe fort a propos, vous aurez besoin d'ayde assurement aupres du Ministre pour calmer son mecontentement de ce que Le St Joseph n'a pas remply ses engagements et achevé sa destination en Espagne, Le Ministre a Madrid, ne sera pas moins irrité contre vous et M^r v^{re} frere à Cadix.

Ayez attention de faire signer le proces verbal aux passagers espagnols on dit qu'il y en a et s'il y a des piastres per also declarez les de bonne foy au Ministre, ou chargez moy sy vous voulez de ce que vous voudrez que je dise au Ministre ou a Mr Pellevin — cette affaire a ce que j'entends dire doit vous couter une distribution de piastres, sy la chose est absolument nécessaire, il faut la rendre aussy peu couteuse qu'elle en est susceptible, voyez à prendre votre party et m'en faittes part si vous le jugez convenable.

M^r le Comte de Maurepas ne sait ce qu'il a fait du memoire de La Bourdonnaye. Songez avant de rien proposer icy a dresser un memoire bien circonstancié Mr Buttler est en etat de vous y ayder considerablement. Le projet embrasse bien des choses et plus peut etre que vous n'en prevoyez, je vous feray part de ce qui est a ma connoissance, ce que je vous manderay ne sera pas indiferent je vous previens que le Ministre (a ce que je pense), affecte de dire qu'il a perdu le memoire de La Bourdonnaye pour vous voir venir, et juger par celuy que vous luy enverrez sy vous et·Mr Buttler connoissez assez l'importance de l'entreprise et sy vous indiquez les moyens d'y reussir, j'ajoute à cette reflexion qu'il seroit a propos que Mr Buttler disposat ses affaires de maniere a venir sacrifier icy trois semaines aupres du Ministre.

Vous avez demandé la permission de faire razer les dunettes, vous l'avez obtenùe, et cependant Mr de Bellisle part sans les avoir fait razer.

Nous n'aurons pas sitot la guerre avec les hollandois.

J'ay l'honeur d'Etre tres parfaittement Monsieur Votre tres humble et tres obeissant Serviteur

D'Heguerty.

Monsieur WALSH

A Paris le 7 d'Avril 1745.

Je reçoi Monsieur lhoneur de la v^tre du 1er de ce mois par la quelle vous m'informez enfin du depart de l'Apollon puisse-t-il par ses divins rayons eclairer un nombre de Navires Anglois dans nos Ports ; s'il marche j'en espère s'il est lourd j'en désespère.

Les ordres seront donnez dans les ports pour remplacer les matelots qui manqueroient au Vaisseau lors de ses relaches. Vous ne me parlez plus de votre Du Tillet ne l'enverrez-vous pas ou quelqu'autre petite fregatte avec l'Apollon, cela me paroit absolument nécessaire pour le succes de sa course.

Mr Ruttelidge enverra l'Elisabeth croiser dans le Nord, je n'ay aucun interet dans ce Vaisseau ny quoique ce soit a demesler avec ce particulier.

Vous ne sauriez assez vous occuper de notre grande affaire concertez bien murement avec Mr Buttler touttes les mesures qui sont du ressort de la connoissance et de la prudence humaine ; representez vous dabord tous les obstacles et les difficultez que peut rencontrer une entreprise de cette importance, qu'il ne vous en echappe pas une seule, prevoyez les touttes s'il est possible, pour les prevenir affin que rien ne puisse retarder l'expedition ni en occasionner l'échoûment.

Travaillez ensemble le projet affin que le Ministre deja prevenù favorablement,

3

puisse y voir comme dans un tableau de main de maitre, que vous connoissez parfaittement ce que nous devons entreprendre, que ce memoire soit raisonné et circonstancié de maniere a ne luy rien laisser à désirer.

Statuez d'abord sur le nombre des Vaisseaux necessaires pour cette expedition je parle d'abord des Vaisseaux de guerre, et ensuitte des Navirres de transport, sur la quantité de soldats de marine et par qui vous comptez faire cômander ces Vaisseaux et ces soldats de debarquement ; de quel lieu et dans quel tems ferez vous partir les vivres et ou les ferez vous porter en entrepot, pour derober a l'Ennemy la connoissance de notre dessein, car vous entendez sans doute que les Vaisseaux ne porteront que pour 3 ou 4 mois de vivres.

Non seulement il sera necessaire de pourvoir aux vivres de cette escadre pour 8 ou 10 mois mais encor aux vivres des trouppes qu'on laissera la bas (sy l'on réussit) pour un an au moins.

Comptez vous faire servir l'Apollon a cette expedition ?

Lorsque vous aurez bien travaillé et redigé vos ideez avec Mr Buttler il sera de toutte necessité que l'un de vous deux vienne passer icy quinze jours, Adieu mon cher Monsieur comptez sur mes sentiments de veritable attachement.

J'ay l'honeur d'Etre Votre tres humble et tres obeissant Serviteur

D'Heguerty.

A Monsieur WALSH

Fitz-James, le 12 avril 1745.

Les offres que vous m'avez déjà fait de vos services, me donnent lieu d'espérer que j'en recevrai présentement un de votre part, qui m'est de la dernière importance. Le sieur Rutlige, que j'ai chargé de celle-cy pour vous, vous expliquera plus particulièrement de quoi il s'agist. Vous pouvez ajouter foi à ce qu'il vous dira là dessus de ma part ; mais je prens sur moi-même de vous assurer, que je vous conserverai un souvenir très-exact du zèle que vous m'aurez témoigné en cette occasion. Je vous recommande sur tout, comme à lui, un secret inviolable à l'égard de toute sorte de personnes, sans exception de qui que se puisse être, et en second lieu une diligence extrème.

A Dieu.

Votre bon ami,

Charles P.

A Monsieur WALSH

Le 27 avril 1745.

Je viens de recevoir la votre du 22 avril, et suis très content du zèle et de l'affection que vous m'y témoignez. Vous pouvez compter que je ne cherche que le bonheur publique dans tout ce que j'entreprens ; mais que je distinguerai toujours d'une manière particulière ceux qui y auront contribué avec moi. Comme ce que vous vous engagez de faire à cette occasion est le service le plus essentiel que l'on puisse jamais me rendre, vous pouvez vous assurer que le souvenir que j'en conserverai durera autant que ma vie. J'ai chargé le chevalier Sheridan de vous écrire plus en détail de tout ce que je souhaite de vous, et vous pouvez ajouter foi entière a tout ce quil vous fera sçavoir la dessus de ma part.

Votre bon ami,

Charles P.

———

Monsieur WALSH

A Paris, le 8 may 1745.

Depuis ma d^{re} du 5 courant, jay reçu Mon cher Monsieur, lhoneur de la d^o du 3 d^e. — Mr de Maurepas accepte le vaisseau l'Anglezey sur le pied de l'estimation juridique qui en sera faitte au Port-Louis, ensuitte de quoy il nous le cedera aux conditions auxquelles l'*Apollon* vous a été accordé, et pour nous mettre aussitôt en état de l'armer, il est convenû de me faire payer, ladjudication faitte, 50000^f comptant, et le surplus dans les termes que desirera le Ministre, je le presseray dautant moins, de raprocher les termes du payement, qu'il a consenty a nous laisser cette frégate jusqu'au parfait payement de ce qui nous restera deû du prix de l'adjudication.

Faittes attention que nous serons traittez bien ou mal, selon l'intelligence de celuy que vous proposerez pour veiller a nos interêts, lors de cette adjudication.

Il faut renoncer a nos vues sur M. Macarty pour commander cette fregatte, le

Ministre me l'a absolument refusé, sa présence étant très nécessaire a Quebec où il doit se rendre incessament. Je vous proposerai volontiers a sa place, M^r de St Georges, capitaine des vaisseaux de la Comp^ie des Indes, mais il veut etre indépendant et ne consentiroit point à servir sous les ordres de M. de Bellisle. M. le comte de Maurepas a qui jen parlay hyer, me dit de le laisser faire et qu'il tâcheroit de le réduire a mes vûes, mandez moy sy ce sont les votres, parceque sy vous aviés pour sa nomination la moindre indifference je laisserois tomber l'affaire. Je vous observe que Mr de Maurepas est fort prevenû pour cet officier de la Compagnie, que c'est en partie pour cette raison que j'ay jetté les yeux sur luy, persuadé que le ministre verra avec une secrette satisfaction, les vaisseaux du Roy qu'il nous destine pour le grand projet, passer insensiblement sous le commandement d'officiers qui savent la carte et leur metier.

Je nay pu rendre compte au Ministre de l'Etat de cette fregatte, sy elle marche bien ou mal, comment sont les manœuvres, sa nature, etc., je m'adresse à vous pour m'en donner des nouvelles dont je puisse luy rendre compte ; ne vous embarrasser pas de son armement, il y a un traité ou convention, entre le Ministre et la Compagnie de se fournir mutuellement les besoins pour l'armement des vaisseaux de guerre ou de la Comp^ie ; je suis fort content que cette fregatte soit armée a Lorient où touttes choses propres a lequipement d'un vaisseau, se trouvent sous la main, dailleurs les vaisseaux de la Compagnie étant partis, tout le port et les ouvriers seront a nous.

Les difficultés que rencontre M. Buttler dans le grand projet et qu'il vous a fait envisager, sont nécessaires a lever avant de rien entreprendre de cette importance, à l'égard de l'escadre de Barnett composée de 3 vaisseaux de guerre et d'une corvette, dont un de 60 et 2 de 50 canons, nous saurons par les premiers vaisseaux de retour des Indes, soit en Angleterre, soit en France, la route, la manœuvre, le projet de cette escadre, et son succès, nous aprendrons aussy sy elle revient avec les vaisseaux que la Compagnie des Indes dAngleterre attend cette année ; cette petitte escadre, si je ne me trompe auroit 300 soldats qu'elle aura vraysemblablement jetté dans lisle.

Sy cette escadre revient cette année, et qu'il n'y soit allé que deux vaisseaux de guerre ils feront sans doute la meme manœuvre l'année prochaine qu'aura fait Barnett et sy celuy cy ramène les vaisseaux qui en reviendront l'année prochaine feront même route, et ce sera sur quoy nous aurons à nous guider ; je me réserve au surplus de m'entretenir avec vous et M. Buttler sur cette affaire des plus sérieuses, a votre arrivée icy, soyez assuré que M. Pellevin est instruit touttes les semaines de ce qui se passe en Angleterre, relativement aux armements de touttes espèces ; vous dittes qu'il nous faudroit 6 vaisseaux de 50 à 66 canons, faittes en sorte de rendre le succès de l'entreprise sensible à l'esprit du ministre, et soyez seûr que les vaisseaux ne nous manqueront pas.

Mandez moy je vous prie sy Mr de Bellisle est content de la marche de son vaisseau, et de sa prise.

Il est vray que l'électeur de Bavière a fait sa paix et une paix très honteuse avec la Reyne de Hongrie ; il renonce à ses prétentions sur la succession d'Autriche, dont il a abdiqué le titre d'archiduc ; il s'est engagé de donner sa voix à la prochaine élection pour M. le G. Duc. Le Roy fait marcher 3000 hommes de rechef en Bavière pour empêcher la Reyne de Hongrie de faire marcher des trouppes ou en Italie ou contre le Roy de Prusse.

J'attendray son arrivée pour raisonner ensemble sur laffaire de.... dont le succès seroit infaillible sy nous prenions nos mesures d'avance ; votre présence sera absolument nécessaire à Nantes et vous aurez je pense tout le temps de vous y rendre.

Nous étions le 4 de ce mois a 110 toises du chemin couvert de la ville de Tournay. Les ennemis ce jour-là, et sur les 4 heures du matin ont fait une sortie sur la droitte et la gauche de notre parallèle mais les louables cantons qui ont fait cette tentative n'ont rien fait qui vaille.

Adieu cher Monsieur.

Votre humble et très-obéissant serviteur,

D'Heguerty.

Au nom de Dieu et de la tres sainte Trinité.

Soit commencé le present journal pour servir a moi, Durbé, commandant la fregate le *Dulillet*[1], de Nantes, armé en guerre de 18 pièces de canon, de 24 pierriers et de 67 hommes d'équipage, pour faire le voyage d'Ecosse.

Le vendredi 2 juillet 1745, à 5 heures du matin, j'ai levé l'ancre de la rade de Mindin[2] en compagnie de la *Dryade*, l'...[3], la *Fauvelte*, frégates du Roy, six gabarres du Roy, et quatre vingt quatre barques, convoyées par les trois frégates ci-dessus, pour la côte de Bretagne, les vents régnant à l'E. J'ai mouillé en Bonne Anse pour y attendre les passagers, qui sont arrivés les uns après les

1. Le *Doutelle*, dans les textes anglais ; c'était plutôt un sloop armé en guerre.
2. Phare et batterie, commune de Saint-Brévin (Loire-Inférieure).
3. L'*Elisabeth*, voir plus loin.

autres en barques ; si bien qu'à sept heures du soir j'ai envoyé un canot à terre pour en embarquer trois qui estoient restés en arrière, qui estoient : S. A. R. le prince de Galles[1]. — Le chevalier Scheriden. — M. Walsh. — Sont aussi venus en barques : M. O'Kelly, chambellan. — M. Mac-Donald, colonel. — M..., colonel. — M..., capitaine des gardes. — M. Touliann, capitaine. — M. Macdanald, banquier à Paris...

Le samedi 3 juillet, à 5 heures du matin, j'ai fait lever l'ancre de la Bonne Anse et ai appareillé, pour mettre dehors ; à 6 heures, j'étais au travers de la Chapelle Saint-Marie[2]. A 10 heures du matin, vu une flotte de près de 140 voiles, convoyée par trois frégates du Roy qui alloient de Nantes à la côte de Bretagne. Le Pilier[3] me restoit au S. S. E. du compas, distant de 4 lieues ; à midi, les vents sont venus à l'O ; j'ai été obligé de louvoyer jusqu'au dimanche (4 juillet), 5 heures du matin, que j'ai mouillé dans la rade de Belisle[4]. La forteresse de Bellle-Isle me restoit, à l'O , la pointe de Taillefer, au N. O. ; la pointe de Locmaria, au S. E. ; la Teignouse, au N. E.

Le jeudi, 8 juillet, passé deux Hollandois qui alloint à Nantes. — Il a passé, à midy, dans la Teignouse, trois fregates qui convoyoient environ cent barques pour la coste de Bretagne.

Pour le dimanche, 11 juillet ; il a paru deux navires, venant par la pointe des Poulains, chercher les coraux de Belle Isle ; je me suis préparé au combat ; quand ces deux navires ont esté à une portée et demie de mon canon, j'ay arboré mon pavillon et l'ay assuré d'un coup de canon ; les deux navires ont arboré pavillon blanc, sans assurer leur pavillon, ne voulant pas trop me fier aux dits navires, je leur ay tiré un coup de canon à boulet, pour les faire mettre en travers et m'envoyer leur canot pour savoir qui ils estoient ; mais les dits navires n'en faisant rien, je leur ai tiré un autre coup, qui a passé entre les mâts du capitaine Mac-Carthy, qui a mis en travers et est venu à bord se faire connoistre. Les vaisseaux ennemis sont, tous les jours, sous Belle Isle, sous pavillons françois, si bien qu'il faut se défier de tous les bâtiments qui y viennent.

Le mardy, 13 (juillet), l'*Elisabeth*, vaisseau du Roy, a mouillé en rade de Belle Isle, à 11 heures du matin.

1. Le prétendant Charles Edouard.
2. Près Pornic (Loire-Infre).
3. L'île du Pilier, au large de Noirmoutier.
4. La rade du Palais, dans Belle-Ile.
5. Frégate de guerre de 60 canons, mise à la disposition de Charles Edouard par l'intermédiaire du cardinal de Tencin ; elle apportait à ce prince des armes, de l'argent, des munitions.

Le jeudi 15 (juillet), j'ai levé l'ancre de la rade de Belle Isle, en compagnie de
l'*Elisabeth,* capitaine le s[r] Deau[1] ; il pouvoit être cinq heures du matin ; à 8 heures
du soir, Groix[2] me restoit au N. E. ; les Glénans[3], au N.

Du samedy (17 juillet) à midi, au dimanche 8 vu à midi, dans le N. O. 7 navires
qui « portoint » au S ; nous les avons pris pour des navires de Brest.

Du dimanche (18 juillet)), à midi, au lundi 19, nous avons encore vu à midy
les 7 navires de hier.

Du lundi 19, à midi, au mardi 20 courant, nous avons entendu tirer plusieurs
coups de canon qui venoient du N. E. ; à 5 heures, nous avons vu huit navires ;
nous nous aperçumes qu'ils nous donnoient la chasse et faisoient porter largue
sur nous. Voyant les dits navires nous approcher, nous nous sommes parlé avec
Mr Dau (d'O), commandant l'*Elisabeth* et nous nous sommes préparés au combat,
à midi. Ledit navire estoit dans l'E, distant d'une lieue et demie, qui forçoit de
voiles pour nous joindre. Nous l'avons reconnu pour un navire à deux batteries
et demie[4], soupçonné anglais.

Du mardi 20 (juillet), à midi, au mercredi 21, estant preparés au combat,
l'aumônier ayant donné l'absolution, à une heure après midi, nous nous sommes approchés, Monsieur d'O et moy, pour nous parler. Monsieur d'O me dit
qu'il alloit carguer ses basses voiles. Monsieur Walsh, de concert avec le
prince (Charles-Edouard) me dit d'attendre encore une heure et de faire toujours
nostre route. C'est à quoi Monsieur d'O acquiesça ; et nous convinmes avec
ledit d'O, que s'il estoit obligé de se battre, que si tost qu'il auroit tiré sa
première volée, de l'aborder ; et si tost qu'il auroit esté accroché avec
l'Anglais, de l'aborder aussi et de lui jeter une cinquantaine d'hommes à
bord. C'est de quoi nous estions convenus à deux heures après midi. Voyant
que l'Anglais nous approchoit toujours, M. d'O a cargué ses basses voiles,
mis sa chaloupe à la mer, et mis vent dessus, vent dedans (ou autrement, en
panne). Nous voyons que ce navire ne vouloit que nous faire perdre du chemin,
pour donner le temps aux navires que nous avions vus le matin de nous joindre. Nous convinsmes de faire servir et de continuer nostre route ; c'est ce que
nous avons fait. L'Anglais, voyant cela, marchant toujours mieux que nous, a
fait servir aussi et envoyé sa chaloupe en dérive, pour lui donner plus d'avantage sur nous et se donner plus d'aisance sur son pont ; à 5 heures et demie

---

1. Ou mieux d'O, descendant de celui qui combattit à Velez-Malaga avec le comte de Toulouse
(en 1704).

2. L'île de Groix (Morbihan).

3. Ilots de la commune de Fouesnant (Finistère).

4. Vaisseau à deux ponts, avec batteries aux gaillards d'avant et d'arrière.

du soir, il estoit en bau[1] de l'*Elisabeth* ; avons tous cargué nos basses voiles ; l'Anglais a tiré un coup de canon de sa volée de babord ; M^r d'O luy a répondu de toute sa volée de tribord ; l'Anglais, estant au vent de l'*Elisabeth*, a laissé tomber sa (voile de) misaine et hissé son grand foc[2] ; l'*Elisabeth* ayant tardé quelque temps à faire la mesme manœuvre, cela a fait que l'Anglais a eu le temps de passer en avant et a arrivé si bien qu'il lui a tiré toute sa volée de babord, qui a allongé l'*Elisabeth* d'avant en arrière ; ce qui a dû lui tuer beaucoup de monde et beaucoup la désemparer ; si bien que l'Anglais se trouva au milieu de nos deux navires ; si bien qu'il me tira de sa volée de tribord trois coups de canon, qui passèrent entre mes mâts : mes voiles furent percées de sa mitraille, si bien que nous ne tirasmes pas, estant hors de portée de pouvoir l'atteindre avec nos petits canons ; les deux navires ont changé de cap et ont gouverné au S. E. ; ils se sont mis baux à baux, si bien que l'Anglais a tiré de sa volée de tribord, et l'*Elisabeth* de sa volée de babord ; nous attendions toujours que l'*Elisabeth* eût abordé, comme nous en estions convenus ; nous la suivions de près pour pouvoir lui jeter du monde à bord, en cas d'abordage ; ne pouvant luy donner d'autre secours, attendu que le canon de l'Anglais, qui estoit du 33 l., ne nous permettait pas d'approcher. Nous craignons beaucoup, faisant la route au S. E., d'aller trouver les bâtiments du matin. Nous suivions toujours de près l'*Elisabeth*, pour en cas d'abordage lui donner du secours, A 10 heures du soir, le feu a cessé de part et d'autre, et avons esté parler à l'*Elisabeth* ; Mr Bar[3], capitaine de pavillon dudit navire nous dit que M^r d'O estoit dangereusement blessé et qu'il estoit plus maltraité qu'il ne sauroit nous le dire ; et de mettre mon canot à la mer, de lui envoyer du monde pour se regarnir. Je luy dis que j'allois le faire et tenir mon canot de dehors ; je luy dis de mettre en travers, pour pouvoir le luy envoyer. Il me dit qu'il ne le pouvoit pas et qu'il falloit le suivre. Comme nous craignions toujours de tomber parmi les vaisseaux que nous avions vus le matin, nous tinmes conseil si bien qu'il fust resolu de savoir si l'*Elisabeth* estoit en estat de soutenir la mer, et que nous l'aurions suivie. Je le demandai au Sr Bar qui me dit que non et qu'il falloit absolument qu'il fît relâche à Brest. Voyant cela, nous qui ne voulions pas relâcher, nous prismes le parti, par ordre du prince, de continuer nostre route pour Ecosse ; et c'est ce que nous fismes, après avoir souhaité bon voyage à Mr Bar. Nous fismes porter au S. O. — Hauteur observée : 47°5'; longitude d'arrivée : 5° 3'.

1. C. à d. en travers.
2. Au mât de beaupré.
3. P. ê. descendant de Jean Bart.

Du vendredi 23 (juillet), à midy, au samedi 24 ; à 1 heure après midi, la vigie a crié :
Navire ! Il nous restoit droit devant ; un moment après, nous en avons vu dix qui
nous restoient au N. N. E. Nous avons cru que ces navires portoint la bordée du
N. N. O. Nous avons mis à l'autre bord pour les écarter, le cap à l'E ; à 5 heures du soir, avons vu ces navires qui nous restoient toujours au mesme vent.
J'ay monté en haut et ay distingué que ces navires portoint à l'E. J'ai fait
gouverné au N. O. pour faire une fausse route, de crainte qu'on ne m'eût
chassé.

Du samedy 24 (juillet) au dimanche 25 ; à 6 heures du matin, vu un navire
droit devant nous, qui faisoit route à l'E. Je suis toujours venu, en descendant
sur luy, pour luy couper chemin, mais on m'a donner ordre de m'en écarter,
c'est ce que j'ai fait. A 10 heures, avons vu un autre navire dans le N. de celui
que nous voyons, qui estoit cargué. A midy, ces deux navires se sont parlés ; je
les crois estre de compagnie.

Du dimanche 25 (juillet), à midy, au lundy 26. A 4 heures du soir, j'ai vu les
navires du matin gouverner sur nous ; les avons pris pour des corsaires. Nous
avons forcé de voiles : gros vent et pluie qui a duré jusqu'à une heure du
matin, qui a calmé tout plat ; les vents sont venus par une cottée au N. ; avons
serré nos bonnettes et perroquets et avons mis l'amure à tribord. — Vu à midi
deux navires au vent à nous, qui portoint à l'E.

Le lundi 26 (juillet), à 4 heures du soir, je me suis trouvé sur une espèce de
haut fond qui m'a paru tout clair, rempli d'espèce de petite margouille[1].

Du mardy 27 (juillet), à midi, au mercredi 28, vu beaucoup d'oiseaux comme
guelettes et foulquets[2], et des plumes sur l'eau.

Du vendredi 30 (juillet), à midi, au samedi 31 ; à 4 heures du matin, j'ai vu
la terre. Il m'a paru un gros morne[3], plat par dessus, fort haut, comme une
plate forme, qui me restoit au S. ; et d'autres mornes en pointe, au nombre de
5 à 6, dans le S. S. O. ; et d'autres se joignant ensemble, faisant aussi comme
des mornets ronds, qui me restoient au S. E. du compas. J'ay mis à l'autre
bord, les vents étant variables ; le gros morne plat me restoit toujours à la
même airé de vent ; ce qui prouve que les courants portent terriblement à l'E, à
l'ouverture du canal du Nord d'Irlande, c'est que je me suis trouvé plus à l'E,
que mon navires de 26 lieues ; et le *Neptune françois* est plus S. S. E. que les
cartes hollandoises de 30 minutes. Cela nous a donné une erreur en latitude,

1. Margouillis, bourbe, vase.
2. Goëlands et foulques.
3. Montagne arrondie.

croyant voir le S. des isles d'Wice[1] ; point du tout : nous avons vu le N. d'Irlande. Le gros cap que j'ai veu, je l'ai pris sur le *Neptune* pour l'isle Tores[2], qui me restoit au S. E., distante de 7 lieues. La grande terre dans le S. O. de Tores et les autres qui se joignent ensemble, faisant des petits mornes ronds, qui me restoient au S. E., pour les islots qui sont au cap Scheeps Hawen[3]. Le *Neptune* françois est meilleur que les cadres hollandaises ; il cadre avec mon instrument.

Du samedi 31 (juillet) au dimanche premier aoust, je ne voys point la terre à midy ; la routte n'est pas belle.

Jé m'aperçois dans le N. O. de l'isle Tores, distante de 12 lieues.

Du lundy 2 (août) à midi, au mardi 3, j'ai fait gouverner au N. E. pour aller prendre connoissance de l'isle Bernera[4] qui est la plus au S. de l'isle d'Wice[5]. A 6 heures du soir, avons vù l'isle Bernera, qui nous restoit à l'E, distante d'environ 9 lieues. Ce sont des isles très hautes, entrelacées de petites. Au jour, j'ai fait servir pour passer à l'E desdits islets de l'isle de Wice. Il me restoit, à tribord, plusieurs isles à 5 ou 6 lieues de distance, qui sont marquées sur les cartes. J'estois au travers d'un gros islot tres haut, coupé, tres à pic de tous costés ; derrière lequel, sur la grande isle, il y a des maisons. J'ay mis mon canot à la mer. Mr Macdonald, banquier de Paris, et son domestique, se sont embarqués et sont allés à terre pour prendre langue et y prendre un pilote. Cet endroit s'appelle Bara[6]. A 10 heures, une chaloupe, qui traversait de la grande terre[7] à l'isle Bara, est venue à bord ; elle estoit chargée d'un cheval, un veau, femme et enfans. Nous avons pris le maistre de la dite chaloupe pour nous piloter. A 11 heures, le canot est revenu avec un pilote. Mr Magdonel nous a rapporté qu'on luy avoit dit que la mesche estoit decouverte et qu'il avoit esté pris, dans lesdits islets un seigneur anglois et conduit à la tour de Londres, qui devoit nous instruire de la façon qu'il falloit faire. Nous prismes nostre parti et fismes route pour aller à l'isle Canay[8]. Si tost que nos voiles ont esté orientées, nous avons vu un navire qui louvoyoit et avoit tous les ris pris dans ses huniers. Ledit navire est grand et le prenons pour un vaisseau de guerre. Nous avons tenu conseil pour voir ce que nous aurions à faire. Nous *sommes convenus de*

---

1. North et South Uist, dans les Hébrides.
2. Tory, île au N. de l'Irlande, à l'O du cap Horn Head.
3. La rade de Sheep Haven.
4. Barra.
5. Uist, dans les Hébrides.
6. Auj. Barra.
7. C'est-à-dire le continent.
8. Canna, l'une des Hébrides.

changer de route et d'aller chercher un port qui est entre l'isle Bara et l'isle
d'Uyst, qui est fort grand, d'autant qu'on ne peut sortir par la partie O. [On
peut reconnoistre ce port par une tour carrée qui a servy cy devant à faire du
feu[1], qui est demolye par le haut, qui fait le costé du N. de l'entrée.] Ayant un
pilote, y avons esté mouiller.

Le mardy 3 aoust, à 2 heures apres midi, le navire qui nous a obligés d'aller
chercher ce port, si tost qu'il a vu que nous changions de route, a viré de bord
et nous a donné la chasse : il fesoit son possible pour venir nous chercher dans
le port. Voyant cela, tous nos passagers se sont embarqués dans nostre canot, et
dans un du pays ; et s'en sont allés à terre en l'isle d'Uyst, chez le seigneur de
l'endroit qui est un Mac Donald (*Magdonald*).

A 4 heures, le navire anglais n'a pas pu attraper le port où nous etions, mais
un autre port qui estoit à 1 lieue 1/2, plus sous le vent que nous.

Croyant que ce navire alloit mouiller dans ce port, j'ai envoyé un canot du
pays avec un officier pour avertir nos [passagers] de s'en revenir ; et que nous
aurions pu sortir du port à la faveur de la nuit. Il a fait un temps terrible : nos
messieurs n'ont pas pu s'en revenir. A 10 heures du soir, j'ay fait partir le canot
pour aller voir dans le port, où le navire estoit entré, si on l'auroit decouvert.

Le mercredy 4 (aoust), à 5 heures du matin, nostre canot est revenu à bord
et nous a dit n'avoir vu aucun navire. Nous avons pensé que c'estoit une feinte,
qu'il avoit fait semblant d'aller mouiller dans cette rade et qu'il en avoit appareillé la nuit, pour nous prendre, si nous avions sorty. A 6 heures du matin, j'ay
renvoyé mon canot chercher nos messieurs qui sont revenus à bord à huit heures, estant tres mouillés de pluye.

A 9 heures, nous avons vu, à deux lieues de terre, le mesme navire de hier et
une fregate qui lui tenoit compagnie. Lesdits navires ont fait leur possible pour
gagner le port en louvoyant ; les vents estoint contraires et ils n'ont pas pu.
Craignant toujours lesdits navires, nous tinmes conseil, et il fut resolu que
nous aurions appareillé, si tost la nuit, sans bruit et à la faveur du temps
sombre et grains ; à 9 heures 1/2 du soir, j'ai fait lever l'ancre et ay appareillé
avec la sivadiere[2], le canot devant, pour ne pas faire paroistre de voiles ; et
avons longé la terre du N. du port, le plus près que nous pouvions, pour estre
protégés par la terre ; et, si tost que nous nous sommes sentis entre la terre et
luy, j'ai forcé de voiles et ay cotoyé la terre de fort près, tenant la route au
N. E. Il s'en faut que je n'aie passé, éloigné dudit navire, d'une lieue.

---

1. Un phare d'alors.
2. Civadière, voile de beaupré.

Le jeudy, à 5 heures du matin, l'isle de Skye[1] me restoit au N. E. ; Canay[2] au S. E. et Rum[3] à l'E. S. E. J'ay arrivé entre Scaye et Canay, et ay continué ma route vers l'E, ne voulant mouiller auxdites isles, crainte que ces navires ne fussent venus nous y chercher. Quand j'ay eu depassé Rum et Canay, Eigg[4] m'a resté aussi à tribord et la grande terre[5] à babord. J'ai fait route vers le S. E. J'ai vu toute la grande terre rangée devant nous. J'ai continué ma route pour aller la chercher. J'ai vu, dans l'E. de moi, à babord, une pointe basse, tenant à la grande terre ; et au large de la pointe un rocher, en forme d'islet. J'ay fait gouverner pour passer à tribord dudit islet. Monsieur Macdonald s'est embarqué dans un canot que nous avions amené de l'isle Bara, avec son domestique, pour aller chercher un frere qu'il avoit dans le pays. Quand j'ay esté au travers dudit islet, je suis venu sur babord et ai donné grand tour audit islet ; j'ai vu devant moi deux grandes bayes ; j'ay gouverné à l'E. et ay esté mouiller à 3 heures du soir au fond d'une baye. [Les marées sont de six heures par touttes ces costes.] Une belle plenne, avec des établissements de mauvaises maisons et beaucoup de bestiaux. L'endroit s'appelle Lochnanuagh[6] ; à 4 heures, j'ay mis mon canot à la mer et, M[r] l'abbé[7] y estant, le prince, avec trois ou quatre messieurs, sont allés à terre et ont esté aux maisons[8]. Ils y ont trouvé Mr Macdonald qui estoit connu comme seigneur de l'endroit ; et nous avons dit que nous

---

1. Skye, l'une des Hébrides ; les Mac Donald en sont encore propriétaires.
2. Canna, dans les Hébrides.
3. Rum, dans les Hébrides.
4. Eigg, autre Hébride.
5. L'Ecosse proprement dite.
6. Loch-nan-Uamh (le fjord des cavernes).
7. L'aumônier du bord.
8. Le prince *Charlie* débarqua du Du Tillet (*Doutelle*) le 25 juillet 1745, d'après le calendrier *Julien* (5 août du calendrier grégorien), *Uamh*, près de la ferme de *Borrodale*, appartenant à Augus Macdonald.

A *Glen Finnan*, au fond du *loch Shiel*, s'élève une tour ronde construite par M. Macdonald de Genalade, sur l'endroit même où, le 19 août 1745, le prince *Charles* arbora son étendard ; l'honneur de le planter fut réservé au marquis de Tullibardine. Cet étendard, apporté de France, était tissé de soie rouge, avec un écusson blanc au milieu. Quand il flotta au vent d'Ecosse 1200 toques bleues (*ou environ*), 700 du clan des Camerons et 300 du clan des Macdonald, furent lancées en l'air pour le saluer. Les joueurs de cornemuses (*piperbragh*) firent entendre les vieux *pibrochs* nationaux ; comme le dit une ballade, une acclamation générale effraya les jeunes aigles sur leurs rochers escarpés, et Charles Edouard vit briller aux mains des fidèles *higlanders* 1200 *claymores*, dont la plupart s'étaient jadis rougies du sang anglais, aux combats de Kilsyth, Killickrankie et Sheriffmuir. Cette tour est surmontée d'une statue colossale du Prétendant, par Greenshields ; il est vêtu du costume écossais (highlandais) et du bras droit montre le S. (l'Angleterre), comme s'il s'adressait encore à ses partisans. Une tablette de bronze, portant une triple inscription en latin, anglais et gaélique, rappelle le dernier effort d'une race pour conserver son indépendance.

estions des frordeurs[1]. Le fils du sieur Magdonoel vint aborder avec un prestre qui demeuroit dans l'endroit.

Le vendredi 6 (août), on a commencé à prendre langue ; il est venu quelques seigneurs du pays, à bord ; et nous avons demandé un endroit où nous aurions pu débarquer nos armes ; nous avons vuidé toutes nos pieces d'eau sale et rempli de douce, et pris trois tonneau de lest.

Le samedi 7, il venoit à bord des seigneurs[2], qui s'en retournoint ensuite pour aller avertir dans le pays.

Le dimanche 8, avons esté à terre.

Le lundi 9, à 10 heures du matin, avons appareillé pour aller mouiller dans une autre anse qu'on appelle Loch Aylost[3]. Il y a à l'entrée de cette baie trois gros islets. Nous avons entré, dans la dite baie, rangeant la coste, au S., entre l'islet le plus S. et la coste.

A 10 heures du soir, nous avons dechargé une partie de nos armes et munitions, que nous avons portées à terre.

Le mardy 10 (aout), il est venu une grande chaloupe à bord, avec plusieurs messieurs du pays, pour voir le prince. La chaloupe, en retour, a emporté beaucoup d'effets du prince et de ces messieurs. Nous avons esté à terre, dans la journée nous divertir. A 10 heures du soir, nous avons commencé à envoyer à terre des armes et munitions jusqu'à 3 heures du matin,

Le mercredy 11 (aoust), nous avons fait couper du bois et decharger dans la nuit des munitions. La grande chaloupe est venue à bord, qui a amené beaucoup de messieurs et a remporté beaucoup de bagages ; et l'endemain nous sommes allés à terre, à la pesche et à la chasse.

Le jeudy 12, la journée s'est passée à rien faire : nous avons esté à terre nous divertir et voir les montagnards.

Le vendredy (13 aoust), nous avons fait de l'eau et du bois, et mis dans deux chaloupes des marchandises pour porter chez M. Magdonel.

Le samedi 14, nous avons fait de l'eau et du bois. Il est venu à bord un evesque du pays.

Le dimanche (15 août), nous n'avons rien fait. Nous avons porté nostre disner à terre et sommes allés à la pêche des huistres.

Le lundy 16 (aoust), cinq de nos passagiers s'en sont allés chez Mr Magdonoel, frère du banquier, et le prince s'est embarqué dans notre canot avec quatre messieurs, et s'en est allé coucher chez M. Magdanoel à Lochnanuagh. Nous

1. En anglais *defrauders*, fraudeurs, contrebandiers.
2. Des chefs de clan.
3. Loch Ailort, au S. du Loch-nan-Uamh.

avons mis tous nos pierriers à terre, dans les magazins, où nous avions mis nos munitions.

Le mardy 17 (aoust) j'ai appareillé à la baye, ou j'estois, et ay retourné mouiller à Loch-nan-Uagh. J'y ay arrivé à 8 heures du matin. Nous avons envoyé de quoi disner au prince qui n'avoit rien. M. Walsh est allé à terre l'après midy.

Le mercredy 18 (aoust), nous avons embarqué des bœufs et moutons pour nostre provision. Mr Walsh et moy avons esté à terre pour voir le prince et luy souhaitter une bonne réussitte. Nous l'avons quitté avec deux des messieurs, qui avoint passé avec luy, deux seigneurs de l'endroit, et pas plus de douze hommes pour toute compagnie.

Le jeudy 19 (aoust), nous avons appareillé de la rade de Loch-nan-uagh, à 8 heures du matin ; quand j'ay esté entre Aige[1] et la Grande Terre, je suis venu au N. pour aller chercher le passage entre l'île Skye et l'Ecosse. Quand j'ay esté entre la pointe de Skye et la coste d'Ecosse, j'ay fait gouverner au N. E. Il ne faut pas suivre les cartes : elles ne sont pas bonnes. J'ay toujours suivy le milieu du canal et ay donné *rumb*[2] à toutes les pointes. Il y a bon mouillage dans le canal, si tost que vous estes en dedans de l'entrée. A midy, j'estoint au travers d'un château qui est entre deux montagnes, dans une plenne. Il y a de l'entrée au château, bien 4 lieues. Quand nous avons esté devant ledit château, nous y avons vu des soldats. J'ai doublé une pointe, derrière laquelle estoient quatre petits bâtiments, dans une baie qu'on appelle Callioyheston[3], qui estoint anglais, dont je me suis rendu maistre, sans tirer.

Noms des bâtiments : 1° *la Marguerite,* d'Aberdour, capitaine Guillaume Moyes, venant de Nairn à Londonderry, chargée de 31 tonneaux farine, avoine, rançonnée pour 100 l. sterling et 10 l. pour la chambre.

2° L'*Unité*, capitaine Charles Tompson, venant de Portsoy[4] à Londonderry, chargé de 31 tonneaux farine avoine ; rançonné pour 200 l. sterling et 10 l. st. de chambre.

3° La *Princesse Marie*, capitaine Snaip de Renfrew[5], allant d'Inverness à Londonderry, chargée de 10 tonneaux farine avoine et 30 tonneaux d'orge ; rançonnée pour 100 l. sterling et 10 l. pour la chambre du capitaine.

4° La *Lirwindiwin*, capitaine Guillaume Millers, chargé de planches et de.

1. L'île Eigg.
2. Rhumbe, aire de vent sur la boussole (ou le compas).
3. Calligarry, dans l'île Skye.
4. Port entre Cullen et Banff, sur le forth of Moray (Ecosse).
5. Renfrew, sur la Clyde, av{t} Dumbarton.

fer ; venant de la Baltique et allant à . . . . . Rançonnée pour la somme de
650 l. st. et 10 l. pour la chambre.

Le vendredy, 20 (aoust), nous avons esté à l'ancre.

Le samedy, 21 (aoust), avons appareillé de la rade de Callioyheston.

Nota que estant appareillé, je ne voyais plus le canal d'où j'étois sorty le
jeudy dernier. Il estoit bouché par des hautes terres. Il faut être droit devant
pour le voir ; il y a une roche à l'entrée dans ce canal. Je me suis trouvé par
le travers d'un chasteau demoly (tenant toujours le my canal), dont il en reste
encore une petite tour carrée qui s'appelle Albermate[1], au pied duquel château,
il y a deux roches, qui portent un peu au large. Le canal est fort étroit dans
ce passage. Il vaut beaucoup mieux ranger le costé du N. E. que l'autre costé.
Quand nous avons esté depassés le fort, avons fait gouverner au N. O. ; ensuite
avons tombé dans une grande baye, où on ne voyoit point de sortie. Il y a
plusieurs isles dedans cette baye. Elle est faitte par l'isle de Sckye et la coste
d'Ecosse. Estant dans le milieu de la baye, vous ne voyez point bonne terre
pour aller chercher l'endroit bon pour sortir. Je me suis trouvé au travers d'une
plenne ou il y a une fort belle maison blanche, entourée d'un petit bois qui
appartient à Mr Albelecross, qui nous a envoyé un canot, sçavoir si nous rame-
nions le Prétendant. Nous luy avons escrit que non et qu'il dût se depeschez de
le joindre avec ce qu'il avoit de monde.

Du samedy 21 (août), à midy, au dimanche 22, j'ay resté en calme toutte la
nuit, à estre obligé de me servir d'avirons, pour faire gouverner le vaisseau,
croyant pouvoir doubler le N. de l'isle d'Uist ; mais point du tout ; je me suis
trouvé, à plus de 5 lieues sous le vent. — Il est bien à prendre garde, quand
vous voulez passer, entre l'isle de Skye et l'isle d'Uist, de ne pas suivre le canal ;
il n'y a point de passage par les récifs.

Du dimanche 22 aoust, à midy, au lundy 23, nous avons louvoyé toutte la
nuit ; à 6 heures du matin, avons vu deux bateaux qui alloient chercher le passage des deux islets et l'isle d'Uist. J'ay arboré pavillon anglais ; lesdits deux
bateaux sont venus me chercher. Quand ils ont esté à costé du bord, j'ay arboré
pavillon blanc, et ay fait venir les capitaines à bord ; qui sont les s[rs] capitaine
W. Ettring Haru, commandant le bateau la *Princesse*, de Ligne, rançonné pour
150 l. sterling et 10 l. de chambre ; capitaine Jean Clampit, commandant *la
Fontaine*, de Ligne, rançonnée pour 320 l. st. — Vu un brigandin, qui venoit du
S., qui passoit entre les deux islets et Uist.

---

1. Armadale Castle, dans l'île de Skye (?).

Du lundy 23 (aoust), au mardy, 24, à midy ; la mer affreuse ; tous les ris aux huniers ; j'ai louvoyé entre Uist et la terre d'Ecosse, forçant beaucoup jusqu'à 8 heures du matin. L'isle d'Uist[1] me restait avec le cap Wart[2], au S. E., distant de 4 lieues.

De l'isle d'Uist à la coste d'Ecosse, il n'y a que 12 lieues de trajet, pendant que les cartes en marquent bien davantage. Les vents estant contraires et forcés, nous avons tenu conseil, pour voir si nous passerions *entre les îles* des Orcades. Nous avions à bord deux pilotes anglais, pour rançon[3], qui se sont faits forts de nous y passèr. C'est à quoy nous avons acquiescé.

(Remarque). — Nous n'avons point vu l'isle Rona[4], marquée sur les cartes dans le N. de l'isle Skye, à 10 ou 12 lieues. Nos pilotes nous ont dit qu'elle estoit[5] dans le N. N. O. de l'isle d'Uist. Ils nous ont dit aussi que dans le N. E. du cap Faro[6], à 8 lieues, il y avoit deux roches fort hautes sur l'eau ; nous les avons vues.

Du mardy 24 (aoust), à midy, au mercredy 25. J'ay vu l'isle de Hoy, des Orcades[7], qui me restoit à l'E. S. E. distante de 4 lieues. C'est une isle fort haute, grosse et coupée tout court, dans la partie du O ; à 6 heures du soir, nous voulions passer entre Hoy et l'isle Kiroualle[8] ; nostre pilote nous dit qu'il y avoit bon passage et bon mouillage ; mais puisque nous avions du vent et du flot, si nous voulions, il nous auroit passés entre l'isle Hoy et la Grande Terre, dans deux heures. Nous y avons tous acquiescé et avons arrivé au S. E. pour donner dans le passage qui est fort ouvert. Nous avons forcé de voiles, mais tout ce que nous avons pu faire a esté de passer à minnit. Nous avons laissé quelques petits islets à tribord ; et, après les avoir passés, nous avons rangé le cap Cailliere ou Rougisby[9], de la grande terre. A minuit, j'ay fait gouverner à l'E ; à 5 heures du matin, j'ay vu plusieurs pescheurs de hareng qui estoint de compagnie, avec deux vaisseaux de guerre Hollandois ; je suis resté parmy eux jusqu'à midy.

---

1. Ou de *Lewis*, autre Hébride.
2. Wrath.
3. C. à. d. comme garants des navires de commerce rançonnés et amarinés.
4. L'île south Rona, près l'île de Skye, dans l'Hébrides.
5. Cette autre île est North Rona, à 40 milles au N. O. du cap Wrath.
6. Le cap Wrath.
7. Sur le Pentland Firth, en face de Thurso.
8. Kirkwall.
9. Le cap Duncansbay, le *promontorium Vervedrum* de Ptolémée.

Du mercredy 25 (aoust), à midy, au jeudy 26 ; vu un brick avec pavillon danois qui gouvernoit à l'O. — Vu au jour un gros navire qui nous a donné chasse et nous approchoit.

Du jeudy 26 (aoust), à midy, au vendredy 27, ce navire nous suivit toujours ; à 8 heures du soir, il accalmit tout plat ; j'ay fait armer huit avirons ; à 10 heures, il affraischit. J'ay fait desarmer les avirons et ai tenu le plus près, le cap au S. S. O.

Du vendredy 27 (aoust), à midy, au samedy 28 ; tourmente, la mer affreuse ; avons cinglé sur différentes routes, avec les ris aux huniers, et à la cape, recevant plusieurs coups de mer.

Du samedy 28 (aoust), à midy, au dimanche 29, tourmente.

Du dimanche 29 (aoust), à midy, au lundi 30, vu un dogre[1] à la cape.

Passant sur le Dogre Bank[2], la mer paroist très claire et verte.

Du mercredy (premier septembre), au jeudy 2/, j'ay vue le feu de la tour de Vly[3]. J'ay resté à louvoyer toute la nuit, et au jour, me suis approché de terre. Il est venu un pilote à bord. J'avois, dans ce temps, pavillon anglais ; si bien que le pilote m'a fait gouverner pour aller chercher la passe du Vly à 11 heures. j'estois dans la rade ; il y avoit six vaisseaux de la Compagnie[4] d'Hollande et un vaisseau de la Compagnie d'Angleterre. Le pilote a voulu me faire mouiller ; je n'ay pas voulu et il m'a mené, en une marée, jusqu'à 8 lieues d'Amsterdam.

Le vendredi 3 (septembre), à 4 heures du matin, j'ay levé l'ancre et ay appareillé. Je n'ay pu aller que sur le Pampus[5], à 4 lieues d'Amsterdam. Monsieur Wailsh fut embarqué dans le canot avec l'aumônier ; et s'en sont allés à Amsterdam, où ils ont pris une voiture, dès le mesme jour, pour s'en aller en France.

Pour le samedy 4 (septembre), les vents estant contraires, je suis allé à Amsterdam voir mon correspondant, qui m'a dit que j'estoins dans un fort mauvais cas et que mon navire estoit dans celuy de la confiscation ; si bien que je fus à la maison de ville y faire declaration que je venois de France et que j'estoins de relâche dans cette rade : on me demanda pourquox je n'avois point fait de declaration au Vly. Je dis que je ne sçavois point la coutume ; que mon pilote avoit bien voulu m'y faire mouiller ; mais que la crainte que j'avois eu d'un grand vaisseau anglais, qui y estoit mouillé, m'avoit fait poursuivre ma route.

---

1. *Dogger*, lougre.
2. Dogger Bank, dans la mer du Nord, au large de Newcastle et de Hull.
3. Sur l'ile de Vlieland, indiquant le Vliestrom, pour entrer dans le Zuyderzée et arriver à Amsterdam.
4. Des Indes.
5. Rade et avant-port d'Amsterdam.

Du samedy 4 (sept.) au quinsiesme, nous avons eu des ordres de M. Wailsh pour desarmer le navire. Mais, pour cet effet, les rançons[1], que j'avois à bord m'inquiettoient beaucoup, ne voulant pas les perdre ; si bien que j'arrestai une barque du pays pour prendre mon équipage et le transporter jusqu'à l'Ecluse, à 3 lieues de Bruges. Je mis avec eux mes rançons, comme estant de mon equipage ; et il a passé heureusèment, sans qu'on s'en soit aperçu.

Le 16 (sept.) on m'a envoyé un capitaine et équipage hollandois qui ont arboré le pavillon de leur nation ; et Monsieur mon correspondant a passé la vente du navire à un négociant du pays ; et le navire est entré dans le port, comme hollandois ; sans quoi il auroit esté retenu pour le voyage qu'il avoit fait.

(Archives de Serrant. Manuscrit original de 35 p. in-4°, un peu jaune et effacé par le vinaigre des lazarets.)

Monsieur WALSH

Boradel, le 16 aoûst V. S. 1745.

Monsieur le Chevalier Walsh, non obstant tout ce que je vous ai dit de bouche, je ne puis vous laisser partir sans vous donner un témoignage par ecrit du contentement que j'ai receu de vos services. J'ai prié le Roy, mon père, de vous en donner une marque éclatante, et je le ferois moi-même dès a present, si j'en avois le pouvoir. Ainsi, vous pouvez compter que si jamais jé parviens au trône, où ma naissance m'appelle, vous aurez lieu d'être aussi content de moi que je le suis de vous, et je n'en sçaurois dire davantage.

Votre bon ami :

Charles P.

Albano, october 4 th. 1745.

I have received your letter of the 14th. september, and shal be impatient to know all the particulars that passed on the Prince's landing in Scotland, and

---

1. Les prisonniers anglais, cautions des barques de commerce amarinées.

before yon left that Country ; The great proofs you have given both him and me
on this occasion of your zeal and attachement to us, can never be forgot by us,
and I hope wee shal soon have it in our power to give you marks how sensible
wee are of them, and of the esteem and real value wee have for you.

JAMES R.

20 october 1745.

JAMES R.

Whereas wee are thoroughly sensible of the great and good services rendered
to us by our trusty and well beloved Antony Walsh, esquire, in his undertaking
with un, common zeal and disinterestedhess the transporting our dearest Son,
Charles Prince of Wales, in to Scotland, which he has happily effected through
manifold risques and dangers, for which signal service, and to perpetuate the
memory of it to posterity, wee, not only out op our own inclination, but also
upon the request of our said dearest Son, have thought fitt to bestow on him
as a mark of your Royal favour the Titles of honor and precedency heere after
mentioned ; our Will and Pleasure therefore is that you prepare a bill for our
Royal signature, to pass our great seal of our kingdom of Ireland, making and
creating the said Antony Walsh, Esquire, and Earl and Perr, of our said Kingdom, by the names and titles following ; videlicet :

Earl of . . . . in the County of . . . .
Viscount of. . . . . in the County of . . . .
and Lord of . . . . in the County of . . . .

in our said Kingdom of Ireland : To have and to hold to him and the heirs male
of his body, with all privileges, preeminences, places, immunitys and other advan-
tages to the afore said Titles of Honour, belonging or appertaining you are to
insert all such clauses and nonobstantes as in grants and creations of this
nature are usual, with a clause, making the said grant firm and valid, without
anny Investiture or Ceremony or Nithout poying any gam to us, and same
fairloy ungrossed on Parchment under your hand to be presentend to us, to be

further past as appartains, and for so doingthis shall be your Warrand. Given al
our Court at Albano this 20 th. day of october 1745, in the 45 th. of our Being.

J. R.

To our Attoiney or Sollicitor general of our Kingdom of Ireland for the Time
being.

Monsieur WALSH

A Paris, le 27 d'octobre 1745.

J'aprens par Mr Luker votre arrivée mon cher monsieur en bonne santé a un
enrhoùment pres ; voicy une lettre de Mr B. La Freté vous etes plus en etat que
moy de luy répondre le nécessaire.

M^r La Porte ne perd point de vûe l'affaire des 2 passeports il s'est dispensé
d'en écrire au Ministre pour éviter une reponse negative, mais il se propose de
l'en entretenir au premier travail, et compte les obtenir.

M^r le duc d'York[1] est arrivé a Fontainebleau, il a été présenté au Roy et au
Dauphin dont il a été extremement caressé.

Mr de Lally vous a ecrit amplement il est reparty hyer pour Fontainebleau, ou
le Ministre de la Marine, que les Ministres y attendoient avec impatience, s'est
aussy rendu hyer. L'on doit au premier Conseil y traitter les affaires de la
Grande Bretagne, qui vont graces a Dieu au gré de nos désirs. Voicy l'extrait
d'une lettre que je reçeus hyer de Fontainebleau.

Du 25 octobre.

M^r le Chev^r de Maisieres arriva icy hyer au soir, et remit au Ministre de la
guerre un pacquet de lettres du Prince Edouard qu'un maître de batiment
Ecossois, arrivé a Ostende, avoit donné au Mareschal de Saxe qui en chargea
sur le champ le Chevalier de Maizieres, et les nouvelles du jour sont que ce
Prince s'est rendu maitre du chateau d'Edimbourg, ou il a trouvé la valeur d'un
million en especes, et vingt-cinq mille armes a feu, que marchant d'Edimbourg

1. Le Prince Henri Stuart (cardinal).

vers le Northumberland il avoit rencontré du coté de Barwick, et entierement defait un corps de 2000 hollandois.

Voicy une lettre que j'ay reçeu d'Amsterdam pour vous, je la soupçonne de M. Talbott, je croy reconnoitre son ecriture. Permettez que les assurances de mon respect trouvent icy place pour Mme Walsh, vous connoissez mes sentiments pour vous et a quel degré je vous suis dévoüé et assurement mon cher Monsieur votre tres humble et tres obeissant serviteur.

D'HEGUERTY.

Du 28 octobre

Je n'ay jusqu'icy que des presomptions d'une guerre prochaine avec la Hollande, mais par l'ordre prochain, je seray en etat de vous mander quelque chose de plus positif.

Vous devez avoir reçeu une lettre de Mr de Lally, il me charge de vous faire ses compliments, j'ay parlé de vous au duc d'York qui est fort empressé de vous voir.

J'écrivay ce soir a M^r La Porte touchant La Baleine et le Dutilley.

MONSIEUR WALSH à Nantes

Fontainebleau, le 27 octobre 1745.

Vous serez bien satisfait, mon cher Walsh de nos opérations icy depuis votre depart, et votre retour icy est actuellement le seul point essentiel qui nous manque pour achever la besogne. La personne dont vous me priez de vous instruire a vû le roy et a été extremement satisfait.

Mr de Maurepas est de retour et il a déclaré qu'il se remettoit de tout sur vous, pour moy je suis etabli en charge et je crois que vous me trouverez parti quand vous arriverez pour vous aller préparer un gite. Ainsi je ne pourray recevoir de vous icy de réponse à votre lettre, je vous prie de me marquer le jour que vous contez etre a Paris et de me l'adresser au Palais-Royal chez Mme la marquise de Conflans, je laisseray un petit mot a Hegrewoy pour vous en partant et j'attendray de vos nouvelles à Dankerque. Lord Drummond[1] et ses ecossois partent tout de suite pour ou vous savez, avec un détachement des 6 autres, tout va bien très-bien et au mieux, ainsi arrivez au nom de Dieu et mandez le moy tout de suite parceque je prendray toujours sur moy 2 fois 24 heures si je puis avoir le plaisir de vous embrasser icy.

THOMOND [1].

DE PAR LE ROY

Sa Majesté ayant jugé à propos d'assembler et équiper dans les différentes ports de la Coste de Flandre et de Picardie les navires, fregates, corsaires, batteaux et autres bastiments dont Elle a besoin pour son service et voulant nommer une personne capable pour diriger les préparatifs nécessaire à cet égard, Elle a choisi et commit choisit et commet le sieur Wailsh pour avoir la direction de cette opération, ordonnant aux Commissaires, commis aux classes et autres employés dans la marine pour la police de la coste d'exécuter ponctuellement les ordres qui leur seront donnés par le sieur Wailsh à cette occasion. Mande Sa Majesté au sieur Charron Commissaire ordonnateur à Dunkerque de tenir la main à l'exécution du présent ordre.

Faite à Fontaibebleau, le 16 novembre 1745.

LOUIS.

PHÉLYPEAUX.

MÉMOIRE du ROY pour servir d'Instruction au sieur WAILSH

Sa Majesté ayant resolu de faire passer un corps de troupes en Angleterre et ayant chargé le sieur Wailsh de diriger les préparatifs qui ont rapport à l'embarquement et au transport des troupes dont il s'agit, Elle lui explique par la présente instruction quelles sont ses intentions sur les operations qu'il doit faire en conséquence.

Le sieur Wailsh doit être informé que le sieur Charron, commissaire ordonnateur à Dunkerque a déjà reçu les ordres nécessaires tant pour faire calfater

---

1. Descendant de la famille Irlandoise. O. Brien, entré dans l'armée française et devenu maréchal de France.

et carenner la plus grande partie des bastiments marchands qui se trouvent dans les ports d'Ostende, de Dunkerque, de Calais, de Boulogne et de St-Valery-en-Somme, que pour faire approvisioner 40 milles rations de biscuit et de fromage pour partie de 10 mille rations dans chacun des quatre premiers ports cy-dessus.

Mais comme ces préparatifs sont généraux et qu'il en faut de plus particuliers, l'intention de S. M. est que le sieur Wailsh après avoir pris connaissance du nombre de trouppes et des quantités de baggages artillerie et munitions qui sont à transporter détermine la quantité de bastiments de chaque espèce, grands et petits qui seront nécessaires pour le transport.

Il se rendra à cet effet à Boulogne, Calais et Dunkerque avec la plus grande diligence et il examinera sur les lieux la qualité et la capacité des bastiments qu'il y trouvera les plus propres pour l'objet en question, affin de régler ce qu'il luy en faudra dans chaque port.

Les commissaires commis aux classes et autres employés pour la police des ports de la coste ayant ordre de se conformer à ce que le Sieur Wailsh leur prescrira, il leur remettra à chacun dans les différents ports l'estat des bastiments qu'il aura choisis soit pour embarquer des trouppes, soit pour transporter l'artillerie, les baggages, les chevaux, les armes, les munitions et autres attirails affin qu'ils puissent arrêter pour le service du Roy les bastiments en question et pourvoir à leur equipement suivant leur destination.

Les nombres des batteaux propres au passage des trouppes qui se trouveront dans les ports de Boulogne, Calais, Dunkerque et Ostende n'estant pas suffisants le sieur Wailsh fera venir de Saint-Valery-en-Somme et de Dieppe la quantité qu'il luy en faudra de surplus et Sa Majesté se remet a luy d'assembler ses batteaux dans un seul ou dans plusieurs des autres ports.

Le Roy n'a pas réglé si les bastiments de transport partiront de différents ports ou s'ils se rassembleront dans un seul pour en faire voile en mesme temps et Sa Majesté ordonne au sieur Wailsh de prendre l'exacte connaissance de la position des ports, des vents, des marées et des autres circonstances concernant la navigation pour concerter ensemble tant avec le Commandant des trouppes qu'avec le sieur Comte d'Aunay, le sieur Bart et le sieur Charron, si on laissera les bastiments séparés ou si on les réunira. Le sieur Wailsh aussi tost qu'il aura esté pris un parti définitif à cet égard, prendra les mesures les plus convenables pour que tous les bastiments soient prests aux endroits et pour le temps dont on sera convenu. Quoique le passage en Angleterre ne soit que de quelques heures et qu'il dust suffire d'embarquer des vivres dans chaque navire et batteau pour le retour de l'équipage, S. M. estime qu'il est nécessaire qu'il y ait à bord du biscuit et du fromage pour deux ou trois jours, à chaque homme, affin que les trouppes puissent estre nourries à bord des bastiments sans en sortir, s'il arrivait qu'une fois embarqués les vents ou d'autres circonstances empêchassent leur départ pendant quelques marées. D'ailleurs chaque soldat pourra prendre une ration ou deux de biscuit en se débarquant, affin de pouvoir attendre le débarquement des vivres qui seront sur des bastiments séparés.

Le s^r Wailsh choisira quelques corsaires pour escorter le convoy et Sa Majesté s'en remet à luy d'en retenir pour cet objet le nombre qui luy paraîtra nécessaire. Elle prescrira au s^r Bart d'ordonner aux capitaines corsaires de suivre les ordres qui leur seront donnés par le sieur Wailsh, qui leur remettra des signaux et une instruction détaillée sur ce qu'ils auront à faire.

Quant aux dépenses que ce service exigera tant en frest de navires et batteaux, solde des équipages et vivres qui seront à bord pour la traversée, le sieur Charron continuera d'en prendre connaissance et expédiera les ordonnances de payement en conséquence. Le sieur Wailsh lui fera part de toutes ses opérations afin qu'il n'y ait aucun retardement par le défaut de payements en ces parties.

Les dépenses concernant les trouppes, tant avant leur embarquement, qu'après leur débarquement, ainsi que tout l'attirail de guerre seront payés conformément aux ordres qui seront donnés par le secrétaire d'Estat ayant le Département de la Guerre.

S. M. attendra que tous les préparatifs de l'embarquement soient prests pour donner les ordres nécessaires sur le lieu du débarquement. Elle compte au reste assez sur le zèle, l'activité et l'intelligence du sieur Wailsh pour estre persuadé qu'il finira en peu de temps les opérations dont il est chargé par la présente instruction, et dont il rendra compte exactement au Sécrétaire d'Etat ayant le département de la Marine.

Faite à Fontainebleau le 16 novembre 1745.

LOUIS.

Phélypeaux.

Monsieur WALSH

Le 16 décembre 1745.

J'ai reçu, Monsieur, la lettre que vous m'avez écrite le 4 de ce mois. Puisque vous n'avez pas trouvé dans les ports de Flandres et de Picardie jusqu'à Dieppe un nombre suffisant de bastiments propres au transport des trouppes pour l'expédition projetée, j'approuve fort que vous ayez déterminé M. Bart et M. Charron a donner ordre au s^{rs} Conradin et de Mouchy de se rendre en Normandie pour choisir dans les différents ports de la coste jusqu'à Cherbourg généralement tous les bastiments qu'ils y trouveront propres pour l'embarquement en question ; et j'écris tant à M. de Villers-Fransure et à M. d'Erchigny, commandeur et ordonnateur au Havre qu'aux commissaires et commis aux classes de chaque port de faire la plus grande diligence pour l'exécution des opérations dont les sieurs Conradin et de Mouchy sont chargés. M. d'Erchigny à qui je marque de prendre quarante mille l. au Havre, fera remettre des fonds dans chaque port de Normandie proportionnés au nombre des bastiments qu'on fera partir pour la coste de Flandre et j'espère qu'il n'y aura pas de retardement pour l'arrivée de ces bastiments à Boulogne, où vous avez donné l'ordre au sieur Prévost Tournion de les retenir. Comme il y a une corvette du Roy de 12 canons actuellement sur la coste de Normandie, je marque à M. de Fransure-Villers de l'employer s'il le juge nécessaire à protéger dans leur navigation les bastiments qui passeront à la coste de Flandres.

Quant aux arrangements que vous faites sur les lieux, je m'en rapporte entièrement aux divers mouvements que vous jugerez à propos de faire de concert avec M. le Comte d'Aunay, M. Bart et M. Charron, soit pour l'exécution du projet soit pour en *déguiser l'objet* et je suis persuadé qu'au moyen des ordres qui ont été précédamment donnés vous trouverez toutes les facilités qui vous seront nécessaires pour votre opération.

Je sens bien qu'il n'est pas possible de parvenir à la diligence qu'on doit exiger en pareil cas sans qu'il soit remis de fonds pour le payement qu'il faut faire d'avance et c'est pour que les remises d'argent ne servent point à aucun retardement que je prescris à M. Charron de continuer à faire tirer des lettres de change sur le Trésorier Général de la Marine en exercice jusqu'à la concurrence de cent mille livres. Il doit estre en état de satisfaire avec ces fonds aux payements qui sont les plus pressés.

Je suis, Monsieur, très parfaitement à vous :   Maurepas.

Monsieur WALSH

A Versailles, le 24 décembre 1745.

J'ai reçu, Monsieur, la lettre que vous m'avez écrite le 8 de ce mois.

Je vois avec plaisir que vous avez trouvé assez de bastiments à Dunkerque pour transporter l'artillerie et les baggages qui doivent accompagner les trouppes qui passeront en Angleterre mais je ne sçais si nonobstant les précautions que vous avez prises de tirer beaucoup de batteaux et autres petits bastiments de Normandie, vous en aurez assez pour les trouppes qui doivent s'embarquer. Je vous apprends, à ce sujet, si vous ne le scavez pas déjà, qu'au lieu de 12 bataillons dont il estoit d'abord question, il en sera embarqué 18, dont font partie les 6 Irlandais ; et qu'il sera joint à ces trouppes un régiment de Dragons avec celui de Fitz James. C'est sur le nombre effectif des soldats de chaque bataillon que vous devez régler les batteaux de transport et comme je ne puis vous donner des éclaircissements positifs sur l'état des régiments nommés pour cette expédition, vous devez vous entendre à cet égard avec M. de la Tour, Major-Général de ce corps de trouppes, qui ne doit pas tarder à arriver sur les lieux. Je n'ay point encore de réponse du Havre ni des autres ports de Normandie sur les batteaux que les sieurs Conradin et de Mouchy y prendront ; mais si vous jugez par ce que je viens de vous dire, que le nombre dont vous leur avez parlé ne soit pas suffisant, vous leur écrirez pour qu'ils fassent partir une plus grande quantité.

Je ne puis que me remettre pour le temps de l'embarquement de l'artillerie et des baggages aux ordres que M. le Comte d'Aunay recevra à ce sujet de M. le Comte d'Argenson. Il y a aussi à examiner quel parti on pourra tirer dans les circonstances présentes de la frégate l'*Emeraude*, qui est actuellement à Dunkerque et de *La Fine*, lorsqu'elle sera de retour. Je ne pense pas que leur destination à la coste de Flandres soit de quelqu'obstacle au projet parceque si elles ne sont pas directement employées à protéger le passage des trouppes, elles pourront du moins allant du costé d'Ostende, déguiser l'objet de l'embarquement. Cependant si elles estoient nuisibles ou mesme inutiles, M. Bart pourroit les renvoyer au Havre ou à Brest. Vous lui en parlerez.

Quant au *secret à faire observer* autant qu'il est possible sur l'expédition projetée, les précautions à prendre à ce sujet dépendent plus des généraux de terre que de la marine. Je ne puis que m'en rapporter aux mésures qu'ils prendront pour cela. Vous me marquerez, s'il vous plait, dans quel temps à peu de jours près vous estimerez que les préparatifs qui concernent la marine pourront estre entierement faits.

Je suis, Monsieur, très parfaitement à vous,

MAUREPAS.

Note. — M. O'Brien dit que vous lui mandez que les ordres de M. Bart sont limités. J'en suis d'autant plus surpris que je lui ai toujours mandé ainsi qu'à M. Charron de faire tout ce que vous leur proposez pour le mieux. Il n'y a pas

un moment à perdre. J'ai escrit directement en Normandie. Je n'ai pas encore
de réponse du Havre.

———

Monsieur WALSH

A Paris, le 28 de décembre 1745.

Je vous compte, mon cher Monsieur, rendu a Dunquerke et en parfaitte santé
j'espere, ainsy que Mr Lally-Tollendal, je l'aprendray avec plaisir.

Cy joint est une notte du radoub à faire à votre navirre *La Baleine* qui me
paroit tres considerable, et comme il me paroit de toute impossibilité de luy
faire ces réparations et de la faire sortir de la riviere d'Elbe avant que les glaces
l'ayent assiegée, je mande par ce courrier a Messrs Grou Michel et Lebault d'y
surseoir jusqu'à ce qu'ils ayent reçeu de nouveaux ordres de vous ou de moy,
cette suspension ne peut nuire à vos interets, et vous pourriez penser qu'il vous
seroit plus avantageux de vendre ce navire dans l'état où il est, et d'ordonner à
Amsterdam qu'on y affretât un navire hollandois d'un plus gros volume encor,
s'il se rencontre, que le votre ; qu'on le chargeât et qu'on l'envoyât tout de suite
à sa destination, que d'attendre la saison du dégel pour faire charger votre
navire à Hambourg où il faudroit porter d'Hollande une bonne partie de sa
cargaison, cè qui occasionneroit des longueurs à son depart ; je vous previens
que M. La Porte m'a conseillé de ne mettre aucuns vivres dans ma soumission,
parce que je revolterois le Ministre ; je pourray seulement inserer quelques
barriques de bierre, cela ne vous empechera pas cependant d'envoyer le navire
a Cork pour y en charger une partie, mais pas aussy considerable que nous nous
l'étions proposé ; j'oubliois de vous dire que nous avons la permission de naviguer
sous pavillon hollandois.

Je feray un assortiment de cargaison pour le navire que vous destinerez
pour etre envoyé a la Martinique soit le votre ou un autre, je l'enverray a Mes^rs
Grou et Lebault qui en retrancheront ou y ajouteront ce qu'ils jugeront pour
notre plus grand avantage.

Je pense que vous feriez bien de vous deffaire de votre *Dutilley* et au lieu
d'acheter un autre navire vous pourriez simplement en affretter un, d'un plus
gros volume que nous enverrions a la Grenade : mandez en votre sentiment à
Mes^rs Grou et Lebault.

Mr Mac-Carthy est icy depuis 2 jours ; il compte se rendre incessamment auprès de vous.

Vous m'obligerez sy vous pouvez trouver l'occasion d'employer utilement Mr Perville Salles : il est mon correspondant, homme actif et intelligent.

Le sort en est jetté : le Prince de Galles a penetré en Angleterre nonobstant les forces superieures qui vont l'entourer de touttes parts ; de deux choses l'une, ou il a été appelé par un party puissant, ou il a pris un party desesperé ; dans le premier cas, nous ne devons pas tarder à apprendre le soulevement du Westmoreland, du Lancester, et de la Principauté de Galles. Dieu le veuille.

Je vous salue de tout mon cœur ; ma famille vous presente ses obéissances. Des compliments d'amitié pour mon frere, sy vous le voyez.

L'*Apollon* et l'*Anglesea* chassés par un terrible coup de vent, sont heureusement venus mouiller à la rade de Port Louis, je veux dire qu'ils sont entrés dans le port de Lorient ; l'*Apollon* comme vous le verrez par les incluses que vous me renverrez s. v. p. a perdu ses 3 câbles qu'il faut lui renouveler.

D'Heguerty [1].

Ci joint copie d'une lettre arrivée ce matin de Londres :

A Londres, le 24 décembre 1745.

Ce que je peux vous mander avec certitude des *rebels* est qu'ils marchèrent de Kendale le 16 au matin, et que M^r le duc de Cumberland y arriva le 17 au soir ; au moyen de quoy ils avoient, comme vous le voyez, 2 jours de marche sur luy. On présume que les *rebels* entrerent dans Carlisle le 18 au soir ; à l'égard du duc, il arriva le meme soir, 18, à un village nommé Clifton, à 3 miles de Penrith, ou il y avoit un party de *rebels* au nombre d'environ 70 hommes commandez par un capitaine.

S. A. R. reduitte à la necessité de forcer cette petitte troupppe dans ce village, affin de pouvoir mettre à couvert toute sa cavalerie, au nombre d'environ 3.000 hommes, en ordonná l'attaque à ses dragons auxquels il fit mettre pied à terre ; après une résistance d'une heure, et la nuit arrivant, les 70 hommes se retirerent, à ce qui paroit, en bon ordre, puisque de ce nombre nous n'avons fait qu'un seul officier blessé, prisonnier quoique nous y ayons eus 40 hommes tuez ou blessez, outre 4 officiers.

---

1. D'Heguerty, négociant à Paris et correspondant de Walsh, faisait partie de la petite cour de Charles Edouard.

On ne sauroit comprendre ce qui a pu induire les *rebels* à ne laisser qu'un sy foible corps pour arrêter la marche de notre cavalerie ; il est vray que le succès à même passé leur attente : mais il est heureux pour M^r le D. de Cumberland que le party n'ayt pas été plus considérable ; quoy qu'il en soit, leur manœuvre de guerre n'a pas été mesurée, de ne laisser qu'une aussy petite trouppe, qui en vérité ne devoit pas retarder la marche de 3000 chevaux ; c'est cependant ce qui est arrivé, puisque S. A. R. est restée le lendemain 19 au susdit village.

Depuis cette affaire, on ne publie aucune nouvelle du Duc, quoiqu'il soit arrivé tous les jours 1 ou 2 exprès de sa part à la Cour. L'on m'y a dit, que S. A. R. ne passera pas Carlisle sy les *rebels* continuent leur marche vers l'Ecosse, comme on le croit, de sorte que nous reverrons icy ce prince, sous peu de jours. Quel dommage, après avoir poursuivy les *rebels* qu'il n'ayt pas pu les joindre, ny meme les forcer à abandonner leur bagage ou leur canon ; ce qui nous touche le plus encor, c'est la crainte fondée où nous sommes que ce corps de cavalerie qui les a poursuivy ne soit hors d'etat de servir le reste de la saison : les hommes pourront se retablir de leur fatigue ; mais les pauvres chevaux en périront.

Nous sommes dans la plus grande perplexité sur les preparatifs que font les François à Dunquerke pour tenter une descente en Essex, Kent ou Sussex ; pour moy je ne saurois m'imaginer qu'ils veuillent faire une descente sy loin de l'Ecosse où se trouve actuellement la seule force des *rebels*.

Je ne saurois disconvenir que les choses ne soient icy dans une grande confusion ; l'argent y est fort rare, et notre credit semble couler bas.

De par le ROY

Il est ordonné au Capitaine commandant le Navire le   de mettre incessamment à la voile et de se conformer exactement aux ordres que lui donnera le sieur Wailsh : Sa Majesté ordonnant au dit Capitaine de suivre les dits ordres comme s'ils luy avoient esté directement adressés à luy, sous peine de désobéissance.

Fait à Versailles le 27me Mars 1746.

LOUIS.

PHELYPEAUX.

Copie de la lettre du Chevalier de Saint-Georges (le Roi Jacques Stuart)
à son fils le Prince Ch. Ed.

Quelque soin que vous ayez pris, mon cher fils, de me cacher ce qui s'est passé entre la Cour de France et vous, depuis la signature des préliminaires, je suis, cependant, informé de tout, et je vous avoue que je n'ai pu lire sans une vraie surprise et douleur votre lettre au duc de Gesvres du 6 de ce mois. Ny vous ny personne ne pouvez avoir imaginé que vous pouviez rester en France malgré le Roy. Votre résistance, donc, à vous conformer à ses intentions à cette occasion ne sauroit avoir pour objet de continuer de demeurer dans son royaume ; et lorsque vous parlez de regret et d'être forcé par vos intérêts d'agir comme vous faites, vous montrez bien que ce n'est pas votre propre sentiment et volonté que vous suivez, mais bien ceux des autres. Dieu sait qui ils sont, mais peuvent-ils estre véritablement de vos amis, en vous donnant de pareil conseils ? car il est manifeste qu'en résistant, à cette occasion aux intentions de S. M. T. C., il ne sauroit y avoir d'autre objet que de rompre de gaieté de cœur avec le Roy et de vous attirer justement sa colère et son indignation. Et certainement aucune personne sage et raisonnable, quelqu'ennemie qu'elle puisse estre, d'ailleurs, de la France, si elle vous souhaite veritablement du bien, ne pourra jamais vous conseiller, surtout dans l'estat où vous estes, de rompre avec une puissance qui se fait respecter de toute l'Europe.

Pour peu que vous songiez à ce qui s'est passé depuis quelques années, vous sentirez bien que votre conduite envers moy n'a pas été telle qu'elle auroit dû estre, et vous savez aussi avec quelle patience et modération je me suis conduit envers vous ; vous savez l'entière liberté que je vous ai donnée, et que je n'ai pas laissé de vous écrire toutes les postes, quoique vous me fissiez trop voir que ce n'estoit pas de moy que vous vouliez prendre conseil, et c'est pourquoy depuis quelque tems je ne vous en ai donné que rarement, voyant le peu d'effet que mes lettres faisoient sur vous. Mais dans le cas présent, je ne saurais plus me taire, je vous vois sur le bord du précipice et prest d'y tomber, et je serois un père dénaturé si je ne faisois au moins le peu qui depend de moy pour vous sauver ; c'est pourquoy je me trouve mesme obligé de vous ordonner, *comme votre père et votre roy,* de vous conformer sans délai aux intentions de sa Majesté très chrétienne, en sortant de bon gré de ses estats, nonobstant l'obscurité où vous me laissez sur tout ce qui vous regarde. Je ne crains ni ne balance point de vous donner cet ordre, parce qu'en effet je ne fais que commander ce

qui se feroit également, quand bien mesme je ne le commanderois pas, et je ne
saurois me figurer le cas où il pourra convenir mesme à vos intérêts de rompre
aussi avec la cour de France. Du reste, pour vous faire voir avec quelle délicatesse je me sers de mon authorité sur vous, je ne vous prescrirai point le
lieu où vous devez aller. Vous scavez aussi bien que moy les pays où vous pouvez être en sureté et puisque vous n'avez pas voulu recevoir une retraite en
Suisse que l'on vous a offerte, je dois supposer que vous avez en vue quelqu'autre retraite pour le moins aussi à portée pour vos affaires et aussi agréable à
vos compatriotes.

Enfin, mon cher fils, songez sérieusement à ce que vous allez faire, si vous
résistez à mes ordres et aux intentions de S. M. T. C. Je prévois qu'on vous
fera faire ce que vous ne voulez pas faire de gré, et si l'on en vient à la violence,
naturellement, on vous conduiroit en cette ville, ce qui surement, ne seroit ny
de vostre goût ny pour vostre intérêt. Quel éclat ne fera-t-il pas, et qu'y gagnerez
vous ? Rien, certainement, qu'un nom et un caractère qui vous feront peut être
perdre dans un instant toute la réputation que vous vous êtes déjà acquise, car
une vertu et un courage qui ne se montrent pas sages dans l'adversité ne sauroient jamais être considérées comme véritables et solides. Jugez de la peine et
de l'inquiétude où je serai jusqu'à ce que je sache l'effet que produira cette
lettre ; elle est escrite par un père qui ne respire pour vous que tendresse et qui
est uniquement occupé de votre veritable bien et de votre veritable gloire.

Je prie Dieu de vous éclairer et de vous bénir, et vous embrasse de tout mon
cœur.

JACQUES R.

A Rome, le 23 novembre 1748.

A MONSIEUR LE GRAND, à Paris

Le 15 avril 1751.

Le traitement endigne que j'ai essuié, Monsieur, et la persecution de mes
créanciés[1] (ou plustot mes debiteurs), m'oblige d'être vagabond dans les pais
étrangés, et par là, pas à poreté d'avoire le plaisir de vous voire ; je me flatte
que vous etes persuadé de ma façon de penser à votre égard. L'estime particu-

---

1. Les rois de France et d'Espagne.

lière que j'ai pour vous, m'engagera de faire l'impossible pour que nous aions
un entretien ensemble, si vous le desirez ; à cette effet g'irois sur les frontières
d'Allemagne, ou Mr Dumon[1] porteur de celle cy doit se rendre. Si vous voulés
profiter de l'occasion, Mr Dumon vous donnera une place dans sa chese, et
come il doit s'en retourner a Paris en peu, il pourra vous y ramener ; si cette
arrangement vous convien, je vous prie, Monsieur, de l'exécuter à l'inçu de tout
le monde, sans excepter qui que ce soit ; en tout cas je vous recommend un
secret inviolable, et de donner votre reponce immédiatement a Mr Dumon, qui
ne peut guere attend.e ; suposé que vous reveniez ensemble, il poura porter la
parole en chemin, pour que vous ne vous exposiez pas à estre connu ; j'espère
que vous serai content de luis; quoique jeune, il est sage et discret ; ne vous
appelez pas même à lui autrement que M. Le Grand.

Je suis comme je serai toujours votre veritable ami.

J. Douglas.

A Monsieur WALSH, à Nantes

Le 20 avril 1754.

Je vous prie, Monsieur, de m'avertire en reponce de celle cy, quan vous conté
etre à Paris, le jour préci et combien de tems vous y resterés. Il faut adresser
dorenavan toutte lettre pour mois a Mr John Waters, rue Verneuil, vis a vi la rue
St-Mari, aujourd'hui rue Allent, faubourg St-Germain, et dessu l'envelope vous
metterez à Mr John Douglas, et ille me parviendont de cette façon en toutte
sureté. Je souhaite que vous ne tardiez pas de vous rendre a Pari come vous
m'aviez fait esperer ; aussitot que je sorois que vous y etes, j'enverois une persone de confience pour poüvoire s'aboucher avec vous ; je vous recommende sur
tout le segret le plus grand de tout persone qui que se soit, et croiés mois pour
toujours votre veritable ami.

J. Douglas

---

1. Grimaldi. Mon ami Hussey Walsh a commencé l'identification des noms supposés, employés
par le Prince de Galles dans sa correspondance ; le travail n'est pas achevé malheureusement, ce
qui laisse inexpliquées bien des lettres du Prince.

Monsieur LE GRAND

Le 16 Juin 1754.

Jai un projet d'aller en Espagne : proposez le à votre frere et a la personne qui a été en question (je veux dire mon ami). Puisque Venise ne paré pas lui goûter, peut etre celui cy lui pléra. Enfin je suis dans une situation de tout tenter for le deresonable et ce que l'on pourois dire foly ; je me suis fai conoitre, au moins je dois le croire, et ceux qui me conoisent pas, tant pis pour eux : je suis honet homme, et mon ambission seule est mon droit, et mon devoire, comme telle de les poursuivre même, au perille de ma vie. Nécessaire est, que l'on me seconde, je désire vous voire ce soir, s'il est possible, et à l'eur ordinaire.

Votre véritable ami,

J. Douglas.

––––––

Monsieur LE GRAND

Le 10 décembre 1754

Monsieur,

Jai nai rien a dire a seux qui n'ont rien a faire avec moi, encore moins a seux qui ne me ménage pas. Depuis l'avocat patelin à Mr Grimodin. Vous pouvez dire a Mr Draw que je suis fort surprie de ce que je n'ai pas encore reçu les épingles ; une si petite marchandise ne devrait pas être négligé ainsi je vous prie Monsieur de faire savoir a ce Mr Draw que si je ne reçois pas au plus tot les épingles (si longtemps commisionné) je ne conteres plus d'aucune façon avec le marchand son ami à qui il m'avet adresée pour cet effet. Jai recu une lettre de Mr Douglas[1] et il serait charmé s'il avoit peu avoir loccasion de voir Mr Campbel[2], mais sa vie ambulante ne le permett pas ; tantot dans un pais tantot dans un autre, pour voire tout ce qui est curieux en chaque endroit, ainsi si Mr Campbel a quelque chose d'interressant a lui communiquer, il n'aura

1. Douglas, le prince Charles-Edouard lui-même.
2. Le roi de Suède, d'après un chiffre.

qu'a lui ecrire et remetre sa lettre a son Banquier à Paris : vous pouvez l'avertir que comme la lettre ira par la post, qu'il mett tout ce qui regard cette demoiselle de la façon que vous savez. Venons asteur (à cette heure) a ces deux petit marchand qui vous tourmentent, en premier lieux, je ne puis pas faire le moindre paiement que jen'ai recu de nouveaux fonds, en second lieu, l'un moins que l'otre ne méritent pas la moindre attention de ma part ; ainsi le petit auroit mieux fait de rester où je croiez quil etoi que de venir tout tourmenter, et si inutilement. Pour l'autre, c'est une bête, ainsi il est plus excusable. Je finis de crainte que ma longue lettre vous anui, et vous embrace de tout mon cœur vous assurant de mes très humbles respects.

Monsieur LE GRAND

Le 24 decembre 1754.

Jai recu Monsieur votre derniere en même tems celle de Mr Camphel auquelle jai fait une réponce. Pour ce qui regard le petit, tout ce que je peux dire, c'est que par pitié, et compassion je continueres à lui donner les memes gages qu'a son camarade, malgré que je nai pas eu lieu d'etre content de lui, par des petites hauteurs et manières, qui ne lui convenez nullement, mais il m'est impossible de faire la moindre remise a aucune de mes marchand[1], pour le présent, et si je ne reçois pas bientot des secours effectifs, il faudra que je fasse une complete banquerout, avec cette différance, que je le ferai en honête homme, et par faute de ses maudites parents[2] qui sont si bas, même de ne me pas donner ce qui m'est dû.

Adieu mon cher ami, croies moi toujours le votre.

J. D.

Il est absolument nécessaire que vous me disies, comment et qui sont ses deux personnes, que vous dites, dont mon ami doit se méfier, sans cela vous le jetez dans l'embarras, et occasionnez cent mille jugements, peut etre mal fondés ; expliqués vous la dessus je vous prie, bien clairement.

---

1. Pour partisans.
2. Allusion a quelques souverains.

A Monsieur LE GRAND

Le 7me janvier 1757.

Monsieur LE GRAND,

Il y a environ douze jours Monsieur que je suis retourné d'une parti de chasse que jai fait en Flandre. Jai rencontré à Bruxelles Mr Douglas qui a pensé se casser le col, dans une voiture laquelle lui a été vendu pour bonne et dont les soupantes etoit pouri ; il ma dit qu'il vous avait fait remarquer une article dans la Gazet de Cologne en date du 12 novembre. Il y a la suite du même sujet dans celle du 14me décembre. Vous ne feriez pas mall de le voir comme vous aves veu le premié. Permetez mois, Monsieur, de profiter de cette occasion pour vous souhaiter bien des heureuses annes, je me flatte que vous êtes persuadé de ma fason de penser a votre egard, et que je suis et serai toujours votre véritable ami.

J. D.

Monsieur LE GRAND

Le 13 fevrier 1757

J'ai recu Monsieur la votre du 8 et suis surpris que vous ne m'accusés pas ma derniere du 4. Il est très nécessaire que vous vous rendiez sans délay chez Mr Chambers pour savoir s'il a reçu une lettre daté du 16 janvier et signée C. P.[1] dans laquelle il y avoit une pour M. Packville ; M. Jones devoit en avoir eu quelque connoissance et il est surprenant qu'il soit parti sans même me donner la moindre signe de vie. Mr Burton[2] n'a personne presentement que vous monsieur, pour vaquer a cett annuient procé[3]. Je me flatte pourtant que vous ne le negligeres pas côme je connois votre attachement pour cette demoiselle[4], je doit aussi une reponce a la lettre que vous m'avez envoiez et je vous l'adresseré. Ne perdez pas de tems a me repondre celle ci, et crôiez mois pour toujours votre veritable ami.

W. J.

1. C. P. pour Charles Prince Royal.
2. Burton autre nom du Prince C. E.
3. Rétablissement des Stuarts sur le trône.
4. Autre pseudonyme du Prince C. E.

Monsieur LE GRAND

Le 2 may 1757.

Jai reçu monsieur la votre du 23ᵐᵉ d'avril vec l'incluse de M. Harrison ses expressions sont des plus obligent et vous ne sories trop lui exprimer le cas que je fai d'avoir son amitié. Si je saves de quelle façon m'y prendre je voudres bien faire des proposition à Mʳ Eyres mais que la vieille tante Ellis [1] n'en serait elle pas jalouse ! et qui esque je pourois employer a cette effet, je voudrés bien avoir aussi une amie auprès de Mamers-Trade et Mill [2] mais dit mois qui voudrez l'entreprendre car Mʳ Burton n'est pas assé riche pour en faire la dépence. Un mot si vous plait de reponce a celle cy et soiez persuadé de ma sincère amitié.

W. J.

Monsieur LE GRAND

Le 9 may 1757.

Jai deja ecrit a Mʳ Mansfield [3] pour vous prié de faire precé les avocats touchant le procé [4] de cette jeune fille, sa parti advers a Roterdam [5] (come sans doute vous savez deja) sont si embroulié presentement que loccasion seroit des plus favorable. Ainsi mon cher monsieur taché de faire en sort que l'on profite d'une sirconstance qui peut etre ne se presentera plus ; jaurois une occasion sure en peu de jours par lequelle vous pourriez m'envoier ce que vous voudrez. Le pasport, si il n'est pas parti peut etre envoyé par cette occasion. Mʳ Waters sera le depositer de tout ce que vous voudres me faire tenir, mais vous n'aurez que environ dix jours a vous arranger pour cette effet. Je puis pourtant faire retarder la personne quelque peu de jours, si vous croiez qu'il soit necessaire ; j'ai l'onneur d'etre votre tres humble serviteur

J. D.

1. Electeur de Hanovre.
2. Ambassadeur de Sardaigne à Rome.
3. Manesfield et jeune fille (lui-même).
4. Rétablissement des Stuarts sur le trône.
5. Pour Angleterre.

Je vous prie monsieur de ne pas tarder a me repondre a celle-ci ; car la personne en question (qui m'aportera tout ce que vous aurés laissé pour mois chez
Waters) doit partir d'icy a dix jours au plus a moins que vous ne me marquez,
autrement en quelle cas il faut me dire presisement le jour que vous voudriez
que je le fisse partire.

* * *

Monsieur LE GRAND

Le 12ᵐᵉ may 1757.

Je viens de recevoire, monsieur, la votre en reponce de la miène du 2ᵐᵉ courent. Les procureurs à Rotterdam[1] dont vous parlez ont été et sont toujours
bien disposés pour cette jeune fille mais il faut des assurances de cette vieille
tante Ellis[2] et des engagements solides pour que l'on soit sure qu'elle nous
trompe pas et entre dans des mesures effectives pour pouvoir terminer ce modite
proces. Votre frère a tres bien fait de tâter le terrain avan de faire une si longue
voyage et selon la reponse qu'il aura je vous donnerez mon avis la dessus, j'ai
l'onneur d'etre votre tres humble serviteur.

J. D.

* * *

Monsieur LE GRAND

Le 21 may 1757.

Je recoi la votre du 15ᵐᵉ courant ; non monsieur, la povre fille en question ne
mène pas une vie molle, ni cela ne sera jamais son choix, mais elle est déterminée à
ne pas quitter le couvent ou elle demeure présentement a moins d'avoir une établissement convenable et je trouve qu'elle a raison. Si Masterson veut la aider
effectivement, je serois charmée d'avoir une entretien avec elle, mais il ne faut
pas que cela soit pour battre la campagne, ces temps là sont passé. Pour les
amis à Roterdam ils sont toujours prèt a debourser leur argent : mais ils ont été

1. Angleterre.
2. Électeur de Hanovre.

la dupe tant de fois qu'il faut asteur (à cette heure) de bonnes assurances avant de s'engager de nouveau. C'est ce qu'ils feront encore mais à bon esscient ; j'ai l'onneur d'etre votre très humble et très obéissent serviteur.

J. D.

Monsieur LE GRAND

Le 3me juillet 1757.

J'ai recu monsieur la votre du 26 juin : j'avois deja été conceillé d'ecrire a Mr Lumley, mais il ne me paret pas convenable, à moin de trouver quelque pretext et je ne le trouve pas si ésé, puisque cette personne a toujours evité de faire conoisance avec mois, et même de me voire quoique j'étois trés bien avec tout ses parants particulierement avec son oncle qui etoit un digne homme. Vous voiez par là cömme la chose est. Je n'ai pas encore eu aucune nouvelle de Campbell[1]. Je vous prie de lui faire savoir en cas qu'il retourn ches Burton[2] de ne pas manquer de passer oparavant auprés de Lee comme il aura peut etre quelque comissions a lui donner. Prénes bien garde de ne pas vous tromper, et d'etre bien sûre une fois d'un rendezvous donné par Masterson que cela ne soit pas pour batre la campagne, mais pour venir immédiatement a une accomodement comme il faut et sans aucune delez. Mais compliments a Mr Mansfield[3] et dite luy que jai recu la lettre du 28 juin comme en vous ecrivant. Il ne me reste pour le present rien a lui dire. Adieu mon cher monsieur.

J. D.

Le 4me juillet.

P. S. — Come je finissé de vous ecrire l'eur a sonné de sort qu'il etoit trop tar pour l'envoier hier ; dans ce moment je recois une letre de M^r W^s mais point de nouvelles de Campbell.

1. Roi de Suède.
2. Le Prince C. E.
3. Roi Jacques Stuart.

A Monsieur LE GRAND

Le 17ᵐᵉ juillet 1757.

Mʳ Le Grand,

Je vous aurois ecri plustot mais j'attendez toujours quelque chose de plus interressante ; la personne qui ma apporté la votre du 4, me parrêt fort resonable, et j'ai été fort content de sa conversation, je l'appelleres *d'ores en avant* Mʳ Symon ; il y a un nom dans votre letre du 4 que je nai jamais peu dechifré, vous me dite que M. Harison doit vous faire voire quant il en sera temps, un Mʳ Digley, je ne connois pas cette personne là, au moin que vous auries voulu dire M. Wigley, voila le seule nom de ma connoissance qui approche a celui si dessus ; la votre du 9 m'est aussi parvenu. Il me parest que Mʳ Chambers a tor, cela auroit été moi qui avez plus tot reson d'etre sensible, puisque il ne ma jamais repondu a la lettre que je lui ai écrit par Mʳ Iruth, mais des vrés ami ne se formalise pas pour de telles bagatelles ; jai fait bien des compliments a Mʳ Goodman par Mʳ Symon, et je ne doute nullement que ce que vous desires sera executé d'une fason ou d'une otre. J'aves oublié de vous dire que Mʳ Campbell m'avet ecri et averti qu'il conté de voir dans peu Mʳ Burton ; je nai nulle difficulté d'ecrire a Masterson si il y avoit une occasion favourable ou un pretext, mais autrement il ne convien pas, il sufit en attendant que vous lui exprimies dans les termes les plus forte, combien je suis son ami, et m'estimerai heureux si je pouvais lui en donner des preuves ; ma santé est tres bonne, comme j'espère celle cy trouvera la votre. Adieu mon cher ami.

Je vous prie de faire bien mes compliments a Mʳ Mansfield et lui dire que j'ai recû son packé du 3, et sa derniere du 9ᵐᵉ avec la votre.

———

Monsieur LE GRAND

Le 22ᵐᵉ juillet 1757

Je recoi la votre du 17ᵐᵉ courant et suis surprie de n'avoir rien recu de Mʳ Mansfield de ce que vous me marques touchant Janing vous trouveres icy une lettre pour le digne Helebrune, je vous l'envois avec une caché volan, mais n'oubliez pas de la cacheter après l'avoir lu. Je l'ai ecri comme vous véré sans seremonie ; en lui faisant de ma part des excuses la dessus, vous lui dires que je l'ai ecrit de cette façon comme la lettre allé par la post et que quelque fois elle sont ouverte, de cette facon il peut m'honorer de la correspondance sans la moindre conséquence toute les fois qu'il le jugera a propos.

J'ai l'onneur d'être votre veritable ami.

J. D.

P. S. — Le 23 celle cy a été trop tard pour l'envoier hier ; vous ne manqueres pas sans doute de faire votre cour a Helebrune[1] aussi souvent qu'il vous le permetera et vous ne sauriez trop lui exprimer combien je suis pénétré de toutes ses bontés pour moy.

Monsieur LE GRAND

Le 21me aoust 1757

J'ai recu, Monsieur, la votre du 15me courrent au retour d'une partie que j'avois fait eaux bains ; le contenu vous pouvez jugé m'a fait plaisire et vous ne sauriez trop faire d'amitié de ma part vis a vi de Harrison, Meldrun et Wynn. Côme se dernié paroit etre veu souvent de Desborough il faut lui bien recommender (Je veux dire a Desborough) de faire toutes les expressions convenables a Wynn, de la part de Burton pour la recconnnissance quil a de toutes sa bonne volonté pour lui ; Mr Elliof m'a ecrit une lettre très joli ; il vouloit avoir un entretien avec mois touchant les affaires de Mr Burton je lui ai repondu d'une maniere à le flatté, mais en même temps jai taché deviter sa visite comme il y auroit peu avoir des inconvénients pour le présent ; c'est une homme a ménagé, et si les affaires de Burton tournét en bien, il seroit très bon a etre une de ses commis pour ses marchandises.

Adieu mon cher Monsieur.

J. D.

1. Le Pape.

P. S. — Par ma lettre du 16 a M. Mansfield, il doit vous avoir informée touchant Mr Symon.

Monsieur LE GRAND

Le 1er octobre 1757

Voicy monsieur une letre que l'on ma prié de vous envoier, ne perdés pas de temps d'en faire lusage convenable, j'ai l'onneur d'etre votre veritable ami.

W. J.

Copie de la lettre du Prince a Mme la marquise de Pompadour en datte du 1er octobre 1757.

L'interet, madame, que vous voulutes bien prendre a mon sorts, il y a quelque temps me fait esperer que mes malheurs vous trouverons encor sensible. Les mêmes principes qui vous guidais alors, subsiste toujours chez vous : aussi les sentimens qui m'inspirais, dure ancore et dureront à jamais comme vous venez de vous montrer madame l'apuis des souverains injustement acablé[1] ma Maison serait-elle la seule a l'égard de laquelle vous démanteriez un rolle sy baux et sy digne de vous. Non, madame, je suis convaincu du contraire et comme notre atachement et la justice de notre cause sont bien connu du Roy, je me flatte que vous ne refuseré pas d'employer votre crédit auprès de Sa Majesté pour le rétablisement du Roy mon père sur le tronc de ses ancestres puisque il n'y a rien qui puisse plus contribué à sa gloire et que ce sera le vray moyen d'avoir une paix solide et durable. Je ne vous parleré pas madame de la reconnaiseance de mon père ni de la miene. Des veus plus ellevés encore, nous assureront votre devouement à l'honneur du Roy et le plaisir que toute les âmes comme la votre ont a faire de grandes choses, seront vos motifs. Ils seront aussi la regle des sentiments d'estime et bienveillance distingués, avec lesquels je serai toujours madame, votre affectioné et sincère ami.

C. P.

---

1. Allusion à l'alliance de la France avec Marie-Thérèse, au début de la guerre de Sept ans et à la rupture avec l'Angleterre.

Le 1.ᵉʳ Octobre, 1757. Mᵉ Le Grand

Voicy Monsieur une Lettre que l'on
ma prié de Vous envoier, ne perdes
pas de temps d'en faire l'usage Con=
venable, j'ai l'honneur d'etre Votre
Veritable ami. W. I.

Copie de La Lettre du Sᵗ a Madᵗ La Grand &c
en datte du pᵉʳ 9bre, 1757 -

L'interets Madᵐᵉ que Vous Voulietes, bien prandre a mon
Sorte, Il y a quelques temps, me fait esperer, que Mes malheurs
Vous trouverons encor sensible, les memes Principes qui Vous
guidais alors Subsiste toujour Chers, Unies, aussi les sentimens
qui m'inspirais, dure encore, et durerent, osemoi, Comme Vous
Venés de Vous Montrer, Madᵐᵉ Lequels des servaucies Insuston
reable, Ma maison devoit telle La doute al'egard, de
Laquelle Vous demantivier en dolle Sy braue, et Sy digne
de Vous, Non, Madᵐᵉ Je suis Convaincu du Contraire et
Comme Notre atachemants et La Justice de Notre Cause
sont bien Conû au Roy. Je me flate, que Vous ne Refuserés
des d'employer, Votre Credit, auprest de La Majesté, pour
le d'etablicemant du Roy. Monpere, sur Letrone de Ses
Ancetres, puisque Il n'y a Rien qui puisse plus Contribuée
a sa Gloire, et que Lesera le Vray Moyen d'avoir une
paix durable Solide et durable, Il Me Vous parleré point
par Madᵐᵉ de La Recconoisance de Monpere, Ny de La Mieu

*Des Vœux plus Ellevés, ... Voir ... animevants,
Vôtre devoüement, ..., de cœur — et le placer
que Goute, les ames, come la Vôtre — a faire de grandes
Choses — Seronts, Vos motifs ils seront, aussi La Regle
des Sentimens, d'Estime et Bien Veillance distingué.
avec Lesquels, le Serois, toujour Mad. Vôtre
affectioné. et Sincere amie, C. S.*

Monsieur LE GRAND

Le 26ᵐᵉ novembre 1757.

Jai recu Monsieur hier la votre du 19 du courant. Je puis vous assurer que Mʳ Burton méprise bien tout les critiques de ses petites cômis[1], il s'est fait une sistème et il le poursuivera. Tout chose a son tems, pour le présent c'est qu'il fait est à propos ; je conais bien le cômis que vous apelé Metcaf, ce n'est pas la première fois quil cest voulu méler des choses quil ne le regard pas, il est tout a fait devoué a la fame de Bertie, ainsi je ne suis nullement etoné de ses propos ; pour Verdum, je ne conois pas qui il est, expliqué moi son nom, même en cas que vous aiez occasion de le nômer une autre fois ; il y a plus d'un mois que je vous ai ecrit pour le passeport de mon ami Mʳ Douglas vous savez que celle qu'il avés a eté échu le premié de ce mois ainsi ne negligé pas d'avoir le nouveaux et envoié le aussitot a votre veritable ami.

W. J.

Monsieur LE GRAND

Le 10 janvier 1758.

Jai recu Monsieur les votres du 3ᵐᵉ et 5ᵐᵉ current Mʳ Burton sembarasse fort eu de tout ce que l'on puisse dire ; il a fait son plan et il le poursuivera. Son

1. Ses partisans.

courage n'a été que trop prouvé, mais je ne voudré pas que l'on pouse sa patience au bout, car elle ne tient qu'à un fil, et je trouve qu'il a réson; en honneur il ne peut pas amuser les amis à Sanford[1] et si l'on ne vient pas bientot a une desision sur le procé en question. Il faudra quil leurs conseils de faire le meillieur parti quils pouront avec Mason[2] ; je parle de ses merchants. Vous trouveres cy joint deux mots a Mansfield[3], pour ne pas multiplié des lettres et il pourra metre l'adress a l'incluse pour M. le Cte de B. je me port bien côme j'espere celle cy vous trouvera.

Monsieur MANSFIELD

Ye 10 dce.

Ser ye recewd yrs of ye 31th december last wit did not acknonledg it sooner as thad nothing particular to mention ; my friend takes very kindle yrs remembronce of him on ye new year and desiers me to thank you for the Colomba. You will do well to put yr adress to the letter y now send Le Grand for ye et de B. y am sorry to have been informed that yr health was deranged, be pleased to let (please him over) me know how you are at present, as you are a sober man yflatter myself you will be soon quite well again.

A Monsieur LE GRAND

Le 10 février 1758.

Monsieur LE GRAND,

La persône que Mr Campbell voulé faire venire n'est nullement convenable parceque il alarmerait le parti adverce, et cela feroit plus de mal que du bien, quant il en sera tems l'on poura facillement avoir une persône de Sanford, cela sera mon affoire ; jai été informé et de bône part que Mr Mills etoit très-bien disposé pour Mr Burton, et l'on m'a fort prié de luis ecrire, je crois qu'il serait

1. Ecosse.
2. Le Roi d'Angleterre.
3. Roi Jacques.

bien aussi d'inclure dans sa lettre, une pour Mr Wade, en le prient de la lui remettre en cas qu'il le trouve convenable ; consulté Mansfield sur cette affaire, et si vous le trouvé bien, faites luis faire tout de suite le plan de ses deux lettre que je copiré en laissant en blan leur noms, que le dit Mansfield adressera, et il poura etre alors envoié a votre frere, ou directement dans une envelope, côme vous le trouverez mieux ; la persône qui ma dit cecy, ma prié de garder le secret sur cette affaire, ainsi je vous le reccommende.

Votre véritable ami,

W. J.

———

A Monsieur LE GRAND

Le 19me janvier 1758.

Monsieur LE GRAND,

Jai recu Monsieur la votre du 10me janvier et les contenu mont fait plaisire. La persône que Mr Campbell proposé n'est nullement propre, quoique tres honet hôme, son age et ses infirmitez luis feraient courire trop de risque a entreprendre un long voiage. Quant il en sera temps, les sujets ne manquent pas, jai beaucoup des connoissances a Roterdam[1], mais je ne voudres jamais engager aucune deux, d'entreprendre se procès[2] a moin d'être bien assuré d'une bône paiment, ce qui ne se poura faire, que je ne voi l'argent sur la table ; voilà tout ce que jai a dire sur cette affaire pour le present.

Votre veritable ami,

W. J.

———

Monsieur LE GRAND

Le 16me mars 1758.

Je vous envoy si joint Monsieur des lettres pour Harrison[3] et Lumley vous aures la bonté dy faire mettre leurs address par Mr Mansfield. Il y a deux lignes pour lui au bout de votre lettre.

Votre veritable ami,

W. J.

1. Angleterre.
2. Rétablissement des Stuarts.
3. Le nonce Mgr Cobengl.

Monsieur MANSFIELD

Sir y received yrs of ye 8th and 10th current and there send ye tow letters, in cax yon think it proper do not delay ye model of ye one for Chambers. It is reported he is not well with Ellis. In that case it would be no ways proper in my oppinion for Mr D. to write to him at present you will be sorry to hear that Mr Pervet died last night of a violent fit of appoplexy with convoltions, he was in perfect health before he took the fit yr sinciere friend.

P. S. — No anonnts yet frem Mr Elliot.

Monsieur le Comte WALSH[1]

A Versailles le 3 aout 1758

J'ay l'honneur de vous envoyer Monsieur la lettre cy jointe pour le Prince Edouard que vous voudrés bien lui faire passer. Quand vous voudrés aussi monsieur m'envoyer le memoire pour ce qui vous concerne je le verrai avec plaisir, je vous prie d'etre persuadé que je ferai tout ce qui peut dépendre de moi a ce sujet, et que je profitterai de même de toutes les ocasions ou je pourrai vous temoigner les sentiments avec lesquels je suis plus veritablement que per sonne monsieur votre tres humble et tres obeissant serviteur.

Le M^al duc de Bellisle.

A Monsieur LE GRAND

Le 21me aoust 1758.

Monsieur LE GRAND,

Jai recu Monsieur les votre du 11me et 14me courent ; il ne m'est pas possible d'ecrire une lettre a qui que se soit de felisitation, sans que l'on m'en dône avis ; mais il est necessaire et tres convenable que vous alliez de ma part faire

1. François-Jacques Walsh, né à Saint-Malo en 1704, mort à Serrant en 1782.

une compliment a Mr Wyn, sur sa promotion, côme aussi vous pouvez en faire une a l'agent de Mr Grant, a Paris, qui est beaucoup de mes ami ; je confirmerez tout cela a temps et lieu, mais pour le présent il faut que vous preniez toute ses choses sur votre bôné.

Je suis votre bon ami.

C. P.

Monsieur LE GRAND

Le 3me septembre 1758.

Jai recu Monsieur la votre du 2me aoust et suis extremement fache du parti que vous etes obligé de prendre[1]. J'estime beaucoup M^r le comte de Serrant votre frere et vous prie de me dôner son adress pour que je me serve de luy en qua que loccasion se presente. Adieu mon cher monsieur je vous soite un heureux voiage et toute sorte de prospérité ; dites moi quant esque vous croiez d'etre de retour. La santé de mon père m'enquiet beaucoup taché de vous informer quelle est positivement sa maladie je crois que l'on me cache sa veritable situation.

Je suis votre bon ami

W. J.

Monsieur LE GRAND

Le 16me septembre 1758.

Jai recu Monsieur la votre du 10me courrent, et suis fort surpri de se que vous me marqué touchant la succession d'une certain bien[2] ; il est indivisible et toutes les parties concernantes le bien de Sanfonrd[3]. Si cette tere n'est pas cedé, il n'y a rien à faire, et j'ai de bonnes raisons a croire qu'il ne pourra pas manquer d'etre décidé côme cela, puisque la chose est juste par consequent pas difficile a accomplire, si on le veut, d'ailleurs Mr Burton ne manque pas d'amis a Sanford

1. Depart de Walsh pour Saint Dominque.
2. Le royaume d'Angleterre.
3. Ecosse.

même pour l'aider a[1] tout ceux qui lui voudraient faire tor. Pour ce qui regarde Mr Grant, il ne m'est pas possible de lui écrire. Vous savez combien, il y a des jents faibles dans le monde qui en pourait faire mauvaise usage. Vous pourez dire cela à son cômi, avec bien des amities de ma part ; je suis votre veritable ami.

J. D.

J'espère que Mr Mansfield sera de retour avant votre depar ; mes compliments a votre frere le comte de Serrant.

A Monsieur LE GRAND

Le 28me septembre 1758.

Monsieur LE GRAND,

Jai reçu Monsieur la votre du 18me septembre et suis tres faché que vos affaires vous oblige de vous absenter de no clima pour quelque temps, persône ne vous soite plus de bonheur que mois, côme je suis tres persuadé de toute votre zèle pour mon intime ami Mr Burton. Vous ne soriez trop dire des politesses au cômi de Mr Grant et pour son maitre, mais il m'est imposssible de lui ecrire a presant, les raisons ne sont que tré clere a aucune persône resonable. Pour ce qui regard le procé jai des nouvelles dernierement tres favorable des persônes demeurant à Sanford touchant le procé en question ; il est inutile monsieur de penser a aucune temperament, côme le guin est sure, si la moindre justice est doné, ainsi il ne peut et il ne sera jamais question que Mr Burton voudra seder, ni entrer en aucune accommodement touchant les petites teres de Vernon et Stanley.

Je suis votre veritable ami.

J. D.

---

1. *a* pour contre.

Monsieur LE GRAND

Le 14me octobre 1758.

Jai recu Monsieur la votre du 8me courent et je vous envoi icy jointe une lettre qui doit etre montré a Mr Harrison et cela je crois suffira presentement. Pour ce qui regard Mr Grant j'ai recu une lettre toute reçament du vieu Burton[1] qui se charge de faire les compliments convenables de ma part, et avec ce qui a été dit au cômi du dit Grant. Il ne me paré pas necessaire de faire davantage dailleurs je ne sai pas le stille et il y pouroit etre des tres grands inconvenients que je ne peut pas expliquer icy. Je voudres avoire des nouvelles de Mr Mansfield et soite au moins que vous ne partirez pas avant de le voire ; dônes lui l'adresse de votre frere le comte de Serran. Je vous souhaite toute sorte de bonheur et suis votre veritable ami.

J. D.

Monsieur le Comte de SERRANT

Versailles le 26 octobre 1758.

J'ay lù Monsieur, le memoire que vous m'avez laissé l'autre jour, avec toute l'attention que merite la matiere qu'il traite ; c'est pourquoy je voudrois suivre cet objet : mais vous sentez bien que la matière est trop importante pour n'être pas discutée et avoir tous les eclaircissements necessaires, vous êtes trop bon serviteur du Roy pour refuser, quelque pressé que vous soyéz pour partir, de me venir trouver avec celuy qui a formé ce projet, et qûi doit le suivre avec moy quand vous seréz parti. Jé ne pourray etre a Paris que jeudy, qui est le jour que le Roy retournera a Fontainebleau. Ce ne pourra être par consequent que le vendredy matin, que je rempliray avec vous la ceremonie que vous sçavez, ainsi nous pourrions si vous pouvez venir icy samedy ou dimanche, j'aimerois encore mieux lundy, traiter la matière assés a fond pour pouvoir la suivre apres votre depart avec la personne avec qui vous m'auréz fait commencer la première connoissance. Je vais attendre sur cela de vos nouvelles et vous prie cependant d'être bien persuadé de tous les sentimens avec lesquels je suis veritablement monsieur, votre tres humble et tres obeissant serviteur.

Le M^{al} duc de Bellisle.

1. Le roi Jacques.

9

A Monsieur LE GRAND

Le 10ᵐᵉ novembre 1758.

Monsieur LE GRAND,

J'ai recù Monsieur la votre du 30ᵐᵉ octobre auquelle j'y aurois repondu plustot, si j'aves eu rien de nouveau. Il ne me rest rien a dire que ce que je repete encore et puis assuré ; il ne faut pas panser a Stanley, c'est une hôme ridicule, et qui n'est de aucune usage que pour embroulier les deux parti et sans aucune profi que de donner de l'argent a manger aux avoca ridiculle ; il faut pancer a seux de Sanford, ils sont bon et seroit tres profitable a elles, j'an ai veu deux (et des bon) qui me l'ont assuré ; voici deux ligne pour notre ami Mansfield, le retablissement de sa santé me faite une vrai plaisire.

Votre veritable ami,

J. D.

Pour Monsieur MANSFIELD

I received yʳ of gᵉ 31 octoᵉʳ and 2ᵈ current it is verry rediculus Williams proposal you may esely judg the ir are *mang* more Worthy, as you know the institution of qᵉ kist shoud be on ly for suchas has been in a certain pleace, it is true mang exceptions have been *mode,* but inever eddeled in that affaire, and you know who dids shall wriae to you more fully in a flew days so remain yʳ sincere friend.

A Monsieur le Comte de SERRANT

Saint-Georges-sur-Loire.

Monsieur,

Il est vray que nos malheurs ne sont pas tout à fait si grands que l'on avoit débité d'abord, mais assez considerables dans ce que c'étoit l'ellite de nos troupes, et quoique nous n'avons pas encore un détail bien circonstancié, cependant a vü de pays on estime notre perte en sept mille, tant tuës, blessés que pris, une trentaine de canons, peu d'étandarts, drapeaux et timballes, la bonne contenance de M. de Broglie dans la retraite, a empêché un plus grand mal. Vous aurez sans doute apris Monsieur, que le Maréchal de Contade a formé une plainte contre M. de Broglie; mais que S. M. connoissant la droiture et la capacité de celuy-cy, luy a donné gain de cause, et a fait un accueil des plus gracieux a Mad. de Broglie quand elle fut pour le remercier.

M. le Maréchal d'Estrées est parti ce matin pour remplacer M. de Contades en qualité de généralissime avec carte blanche, et fait duc et pair à ce que l'on assure, il ne tardera pas à réparer notre honneur, et on veut que les ordres sont donnés pour marcher en avant et reprendre ce que l'on a perdu. Mess^r de St-Germain et le chevalier Nicolais ont détruit chacun huit a neuf cens hanovriens dans la retraite et le duc de Brissac est revenu à l'armée avec trois mil de quatre qu'il avoit après s'etre batu pendant quatre jours de suite contre les différents partis double et triple de sa force, enfin l'on commance à se ranimer, et on se persuade que la présence de M. d'Estrées fera des merveilles, d'autant plus que la victoire des Russes, qui les a menés à Berlin, encouragera l'armée françoise de se vanger sur ces paysans hanovriens, voyla Dresde évaqué et Liepsich pris, et on pretend que Daun a forcé le retranchement formidable de Landshut, on s'attend d'un moment a l'autre d'une bataille contre le Roy de Prusse luy-même, s'il est battu, il ne pourra pas se relever, et j'espère que la campagne finira glorieusement.

On prétend icy qu'au retour de M. d'Estrées qui ne sera pas long, qu'il sera fait premier ministre, que M. de Bellisle se retirera et que M. le duc de Choiseul sera ministre de la guerre, M. de Chauvelin (ambassadeur a Vienne), ministre des affaires etrangeres, ; tout cecy cependant demande confirmation. Nos armements pour la dessente vont toujours leur train, il y a 55 des bateaux plats du Havre montés jusqu'a Rouen, et on travaille a force pour les autres, on attend a Vannes la division des navires de Nantes et d'ailleurs, ils ne doivent pas tarder de s'y rendre, l'Escadre de Toulon est parti a ce que l'on assure, le 4 de ce mois, on pretend que celle d'Angleterre qui estoit dans la mediteranée a été d'obligation de se rendre à Tunis raport a une forte maladie qui etoit a bord, la junction de celle de Toulon a celle de Brest nous rendra puissant.

Je n'ai rien apris de Talbot depuis son depart, on croit qu'il est de l'armement de Tauros, et qu'il aura le commandement d'une des fregattes de cette expédition, on avoit debité qu'ils avoient sorti de Dunkerque, mais cela n'est pas, ils auront même bien de la peinne à le faire y ayant un escadre angloise vis-à-

vis, il n'est nulle question dans tout cecy de notre Prince. Il y a 3 mois que M. Kelly est absent dicy, il a fait dire en partant d'icy qu'il alloit aux eaux de Barège « it was spread out there that our P. had writ a letter to L⁴ Clancarty assu-
« reing im that he had no hand nor would not have any thing, to say to this
« invasion of the french, and desired L⁴ Clancarty, so tell every one so and even
« shen his letter wᶜʰ the other did, which is very ill done to my opinion, for itis
« certain if the Prince does not go and has not yᵉ principal hand, when a shoare
« in great Britain, that the french will never be able to keep their ground
« there, and that not one of them will ever come back, for every English soul
« will rather suffer death than be brought to boundage. »

Je vois Monsieur que vous avez ordonné le payement des Capucins de Tarbes, il y a encore quelque chose au Curé, en composant, Monsʳ La Geyre en lui donnant quelque chose pouroit finir toutes ces affaires, car ce sera toujours à revenir avec ces gens-la.

J'espère que Mʳ Berryer consentira a present a vous donner quelques matelots, en tout cas voyla tous ces navires de Nantes pourvus, ainsi on ne peut plus en refuser une fois partis.

J'ai appris le malheur arrivé à l'enfant de Mad. Portier, c'est assurément bien douloureux pour elle.

Le grand prêtre Burhé m'a prié de vous faire souvenir de luy envoyer par le carosse ses livres ; il est installé dans son ancien église et y est porte Dieux, qui lui vaut de l'argent.

J'ay l'honneur d'être avec bien du respect,
Monsieur,
Votre très humble et très obéissant serviteur.

O'Brien.

Paris, 18 aoûst 1759.

Monsieur de SERRANT [1]

Ye 28th janʳ 1760.

Sir,

I received yours with the enclosed and thank you for them, I know your correspondent and his attachement to me and desier you may assure him of my particular

1. Jacques Walsh.

esteem. It is absolutely necessary to continue your correspondence with him and to be punctwlly informed of the dispositions of the Court, and in what manner the ministry will be setteled, and with all if the Queen Dowayer is likely to continue her usual credit; because y can make no application until I know who are the proper persons to be applied to, and the sooner y can be informed the better. The name I have for your correspondent is Draw which you may make use of for the future, so remain assuring you of my most sincere friendship.

J. D.

COMTE DE SERRANT

Minute de lettre

Ce 4 février 1760.

J'ai fait part M^r à la personne que vous sçavez du contenu de votre lettre du . . . . . elle me charge par la reponse que jen reçois de vous assurer de son estime particulière et elle ajoute, vous sera obligé de m'instruire eventuellement des dispositions de votre court et de l'arrangement du ministère, comme aussi si la Reyne Douariere est toujours au credit, vous sentez bien M^r que ces eclaircissements sont necessaires pour sçavoir a qui l'on doit s'adresser, quand l'on prétend obtenir quelque chose d'une court, et que le plutot que vous pourrez me repondre sur tous ces objets sera le mieux. Suivant les nouvelles publiques votre Court augmente considérablement ses troupes de terre et donne par mer, je ne sçay trop qu'en croire, mais si cela est vray il y aura plus d'une puissance a en prendre ombrage. Il n'est pas douteux que la paix est un grand bien, mais si une fois nous sommes entièrement écrasés et nos colonies à la mercy des anglois, croyez-vous que l'Espagne puisse éviter d'avoir bien tôt ce même sort, c'est une réflexion qui n'échape a personne. Enfin votre Roy est bon et sage et vos ministres aussi, Dieu veuille les eclairer et les diriger pour le mieux.

Ecrit de Moni le 31 mars pour avoir les mesmes informations.

A Monsieur le Comte de SERRANT

au Luxembourg, cour des Fontaines, à Paris.

Madrid, ce 26 avril 1762.

Aussitôt que j'ai pu parler commodément, à notre homme je lui ai rendu compte de ce que vous me marquez, mon cher Comte, dans votre lettre du 15 du passé, on m'a répondu sur le même ton qu'auparavant, toujours de la bonne volonté, mais toujours les mêmes propos, qu'on donne le premier branle-bas, et on verra ce qu'on pourra faire ici. Cette personne m'a dit des choses qui m'ont extrêmement chagriné, vous les savez sans doute mieux que personne, je parle de cet écrit que laissa le Maréchal de Bellisle, qui a fait un tort irréparable, quisqu'il dit qu'il a fait auprès de la personne[1] en question toutes les démarches possibles, et le trouvant inflexible à tout, il a enfin désabusé la cour à son sujet, le donnant pour un homme sur qui il n'y a jamais à compter.

Quel malheur qu'un homme de qui dépend le sort des millions, ne pense qu'à lui-même et à sa passion. C'est la colère d'Achille, et pour la même raison, mais que le héros moderne se souvienne que l'ancien s'est laissé fléchir à la fin, et que s'il ne l'eut pas fait, il n'aurait jamais acquis la gloire que lui méritèrent ses exploits immortels. Qu'il écoute Minerve, c'est à dire sa raison, et la superbe Troye tombera ; mille héros l'attendent pour imiter sa valeur, et s'immortaliser sous ses étendarts, qu'il seconde leur ardeur, qu'il se mette à leur tête, le ciel qui l'y appelle, le soutiendra. S'il n'est pas fils d'une fausse déesse, il l'est d'une vierge sainte. Vous me dites que ce que l'envie et la calomnie a débité de notre héros est faux, je le crois, mais malheureusement, ce que ses meilleurs amis disent de lui dans l'amertume de leur âme, est vrai, c'est qu'il met lui-même obstacle à ses affaires. Faut-il le servir malgré lui ? Je crois comme vous que c'est une chimère de prétendre faire un coup dans le pais en question, sans lui et ses amis. Eh bien, ce coup ne se fera pas. Est-ce que nous ne voyons pas que le pais ou vous êtes est en position de faire mille sottises et de ne rien faire de ce qu'il devroit. Est-ce là une raison de se manquer à soi, n'ont-ils pas accepté déjà les conditions les plus humiliantes ; ils en admettront de plus humiliantes encore, cela raccommodera-t-il nos affaires ? dans l'état où nous sommes, ne devrions-nous pas profiter de tout ; il leur vient une boutade, ils veulent abîmer

---

1. Prince Charles-Edouard.

l'ennemi chez lui, eh bien, profitons-en ; qu'ils fassent le premier pas, la bravoure,
la bonne cause et le ciel feront le reste, mais nous ne sommes plus dans le tems
des miracles ; si nous ne faisons rien de notre côté, il est seûr que rien ne se
fera.

Notre ami a certainement des amis en France, car il y a là encore, au milieu
de la corruption qui domine, de l'honneur et quelque connoissance de leur
propre interest : que notre heros en remportant une victoire sur lui-même,
fasse voir que les impressions qu'a données Mr de Bellisle sont mal fondées,
en un mot, comme nòtre ami d'ici dit, qu'on commence là-bas et j'ai grande
confiance que d'ici on ne manquera pas, autrement je suis obligé de vous dire
sincèrement qu'il n'y a rien à esperer d'ici.

Pour ce qui est de votre pensée de tenter ici par quelque autre canal différent
de notre homme, c'est tout à fait inutile, je connois le terrain et c'est ce qui me
fait parler comme je fais, il ne faut pas se tromper ni perdre de tems ; pour moi
tout ce que je puis faire est de demander au ciel qu'il nous dirige et nous ouvre
un chemin, et qu'il donne à notre·héros les pensées qui conviennent pour son
bien et le nôtre.

WARD.

———

Le 29eme février 1764.

COMTE DE SERRANT

Je me flatte Monsieur que vous nadaptez pas mon long silence au manke de
de lestime particulière qui est gravé en mois pour vous et tous ceux qui vous
apartiène comme il Ils ne peuvent pas avoir d'otre sentiments que les votres et
celle du défunt Lord Walsh c'est dans le sang ; mais come j'ai fait une loi
depuis un certain tems de n'ecrire a persone j'attens votre retour à Paris pour
vous faire dire par M. Gordon la par que je prènes au mariage de votre cher
neveu anonsé par la votre du 7eme aoust de l'année derniere je vous prie de
n'avouer a persône que je vous ai écri ; et de me croire pour toujours votre
veritable ami.

J. DOUGLAS.

Monsieur le Comte de SERRANT

Bouillon, le 17 novembre 1765.

J'ai recu Monsieur, la votre du vingt six octobre dernier. Je vous fais mon compliment sur l'alliance du double lieu que vous venez de contracter par l'alliance de Mlle votre nièce a M^r^ votre neveu, je leur souhaitte toute sorte de bonheur et de prosperité, et je serai tres charmé de me trouver à portée de leur donner des preuves de mon amitié soiez aussy persuadé de ma reconnoissance sur la continuation de la promesse que vous me faittes de vous charger de mes ordres pour une certaine Cour, mes interrests ne peuvent etre en meilleurs mains, recevez l'assurance de toute mon estime.

Je suis,
Votre bon ami,
J. Douglas.

Une fluction assez considérable m'a empêché de vous écrire moi même.

Instructions for M^r^ le Comte de SERRANT

You will first of all address yourself to Mr de Roda, to whom you will deliver the letter you are charged with for him and to desire he will instruction as to the allures of the court and of the means you are touse for the delivery of the other letters to the king and queen and to the ministers.

So soon as you have had a full conference with Mr de Roda, you will give us an account of it by a letter to be addressed to Mr John Douglas at Rome under cower to Mr Belloni ; and you will be punctual in informing us, by every post, of every circumstance that may happen in the course of your negociation.

We leave entirely to your discretion to communicate what you are charged with to such persons as you may think can contribute to the success of your negotiation and to ask them to support you in your sollicitations.

If there shall be question of your friends, you are to assure that we have a great number in England, Scotland and Ireland who are very zealous and ready to act whenever a proper occasion shall offer.

Philip the 5th granted us a subsidy of 20000 german florins per months, for

six months, which was paid for three month only — You will act as your discretion shall direct you as to a demand of payment of the three months of this
subsidy which are in arrear.

Mr Stafford, a gentleman in our service, has a demand on the court of spain
for arrears of pay due to him as a Captain of Horse in the Spanish service and
for renewing his Commission which he lost in going in to England on our
account as to which a particular memorial will be sent you.

Given at Paris, the 28th day of december, in the year of our Lord, 1765.

Charles P. R.

———

Rome, February 18th, 1766.

I have received your letter of the 28th past, from Montpelier, and heartily
thank you for your compliment of condolence on the death of the king, my
father. Ever sensible of your zealous attachment to my person and service, it
will always, give me a real satisfaction when I can bestow on you marks of my
particular esteem I sent you a large packet, under M. Joyes's cover, the 4th
instant, and to which I refer. Nothing material has since occured. I shall long to
hear of your safe arrival at Madrid, and the success of your negotiation. You
know of what importance it is to me to be supported, especially in my present
situation, by the court of Spain.

Your sincere Friend
Charles R^t.

For the Comte de SERRANT.

———

TROIS CHOSES A DEMANDER :

1° Que Sa Majesté Catholique emploie ses bons offices auprès du Pape pour
que Sa Sainteté reconnoisse le Prince de Galles pour roy d'Angleterre et lui
accorde les mêmes honneurs et la même pension dont jouissait le feu Roy.

2° Que Sa Majesté Catholique ordonne à son ministre à Rome de rendre au

---

1. Charles-Edouard, le prétendant, comte d'Albany, épouse Louise de Stolberg, meurt à Florence
en 1788. — Louise de Stolberg, comtesse d'Albany, eut pour secrétaire Silvio Pellico.

10

dit Prince de Galles les mêmes honneurs que rendaient les ministres et ambassadeurs espagnols à Rome au feu roy son père.

3° Que Sa Majesté Catholique veuille bien lui accorder un subside annuel pour l'aider à vivre avec la décence convenable à sa naissance.

Rome, february, the 20th 1766.

I thank you for your kind letter from Monpellier of the 28th last month. The loss I have made of the king my Father has indeed been in all shapes very sensible to me. It is no doupt a great comfort to *me my* haveing with me the king my brother, who showes me all possible love and confidence but thas is accompanied with an *existe* of grief in *seeing* him receive such hard treatment in the country in the world he aught less to have expected it. I am very glad to find he has pitched upon a person of your known merit and zeal for to sollicit his affairs in Spain ; and am as certain that if it is possible to succeed you certainly will. I shall be impatient to hear accounts of your arrival and you may be very well assured that I shall be allways glad of occasions where I can give you proofs of the esteem and friendship I have for you.

Henry Cardinal.

Au comte Walsh-Serrant.

Rome, march 26th 1766.

I have received your letters from Madrid of the 22d an 23d february, and 3d and 10th instant. I cannot but heartily approve of the steps you have taken to serve me at that court. If the success does not correspond to your activity and zeal, it must be ascribed to the unlucky conjuncture of the times. I know, however, that you will leave nothing untried that may be useful to me. But when you find that your stay at Madrid is of no further use, you will no doubt return to France, where you may be of more real service to me at the court of Versailles, where I intend to employ you as my minister. I shall send to you, when at Paris, my powers and instructions for that purpose. It is of the utmost consequence to me to have a minister of your activity, zeal and fidelity at this last court, since it appears that they must begin the dance, and that Spain will only copy after them. I expect, indead, you will be able to settle a correspondence with Don Emanuel de Roda, as well as with lord Peter, and that you will endeavour to engage either the one or the other, or even both, to solicite my interest an Madrid. For this purpose make them kind compliments in my name; assure them of the confidence I have in them, how sensible I am of their good hearts towards me, and how much I desire to give them proofs of my esteem and friendship. Represent to them, and likewise to M. de Squillace, the necessitous state to which I am reduced, and that without some subsidy from the court of Spain, I shall hardly be able to procure the necessaries of life, and much less to perform the obligation that lies on me to mantain many of my honest subjects, who have lost their all in the service of my family. If any subsidy is given, it was always my intention to give the administration of it to Mess\^{rs} Joyes. I will give them a procuration for that effect, or if it is necessary to be in the Spainish form they may send me a procuration and I shall sign it. You may let them know the particular consideration I have for them. I cannot but inform you, that some nights ago I had a privat visit from M. d'Azpuru the Spainish Minister here. He said he had just received positive orders from the king his master, as well as from the queen mother, to inform me that they had received my letters, that it was a great mortification to them that the present situation of their affairs prevented their answering them as they wished, but that I might always depend on their regard and good inclinations towards me. I told the minister, that from my youth I had received so many marks of their friendship, that I could not doubt of the continuance of it, and left it to himself to make than a compliment in my name, since the sincerity of my attachment to them could not be exaggerated. — M. d'Azpuru mentioned to me M. de Roda's attachment, and that he had desired him to assure me of it. I directed him to thank M. de Roda, and to say whatever was proper from me to him. He neither mentioned M. de Squillace nor Grimaldi. I know nothing else to add to you, concerning my affairs, but what will naturally occur to yourself.

My disagreable situation at Rome continues the same. In short I am fully persuaded, that you wil omit nothing that can properly be done for me at the court of Madrid.

Last night, I received a letter from lord Bonaventure, late grand prior of England, dated at Madrid the 15th march ; he takes no notice of the death of the king my father. He addresses the letter *à Monsieur le baron de Douglas à Rome*, and treats me with the appellation of royal highness. He certainly should have known long ago the change of my state. Until he writes me properly

I cannot think of answering his letter. He writes me that there has been injustice done him in his preferment, and desires my consent to abandon spain, and to come and live with me. It seems odd that a son of the family of Berwick should be in this situation. I am a fraid he must have been guilty of some extravagance. But at present there can be no question of my bringing him here, since I can hardly mantain the very few gentlemen I have about me I leave it to yourself to make what use you shall judge proper of what I now write.

Your sincere Friend :

Charles R.

Comte de Serrant.

————

Rome, august 12th, 1766.

I cannot but be sensibly touched with my present disagreeable situation. Can it be supposed thad the courts of France and spain will abandon me at this critical conjunction ? From what I have wrote to you of late, I am persuaded that you have pressed the Duke de Choiseul on this point. I hope he will keep me no larger in suspense, but come to some resolution, that I may know with certainty what I have to depend on, in order to regulate my affairs accordingly.

I am much surprised that I have not heard from Don Gregorio Joyes. I sent him my instructions may the 28th, of which he has not owned the receipt. I do not suppose that my letter has miscarried. However, I write to him again, and send him a copy of what I formerly wrote. My instructions to him were little more than a repetition of those you had given him. I desired him to advise with lord Peter and Don Emanuel de Roda of the properest method to lay my situation before his Catholic Majesty. I now desire him to take the advice likewise of Don Domenico Pasqual y La Fuente, my brother's agent at Madrid, a person who has much access to and esteemed by the ministers. I think it would be proper you should inform Joyes of what I now write you in case of any accident befalling my letter to him.

I have received your letter in favour of Dr Mahony. You may easily believe what weight your recommendation would have had with me, had it been possible for me to have gratified him with the title he asks. I have a value for him, and am persuaded of his worth. But many of my subjects of superiour merit would have claimed the same mark of distinction, and which the present situation of my affairs makes me unwilling to grant.

Sensible of your unwearied zeal to serve me, I shall always wish for opportunities to give you proofs of the particular regard and value I have for you.

You sincere Frieed :

Charles R.

Comte de Serrant.

———

Monsieur le Comte de SERRANT

Rome, décember, the 9th 1766.

In hopes of heaving something more satisfactory, with regard to my affairs ad the courts of France and Spain, I have hitherto delayd to mention the receipt of your letters to me of the 30th august and 28th october. I have read the Duke of Choiseul's letter to you. I cannot indeed allow myself to think that the court of France will so far mistake its own interest as to abandon me, or, which is the same thing, refuse me those subsidies so indispensably necessary at present for my support. Your zeal for my service and knowledge of my wants will no doubt make you still urge this point with that minister. Was my case properly represented to his most Christian majesty, I am persuaded he has too good a heart to allow me to remain in this dismal situation. I mentioned to you that in consequence of your recommendation, I have wrote, may the 28th, to Joyes, and not having a return. Lumisden Wrote to him again, by my order, august the 14th, to neither of these letters have I received any answer. I am at a loss to conjecture from whence this proceeds, and therefore desire you may write to him, that I may know the reason of such a disappointment. My situation here continues too disagreeable for me to describe : I shall at present draw a vail over it. Your son's advancement gives me much satisfaction, as I particularly interest myself in whatever relates to you or your family.

Your sincere Friend

Charles R.

Rome, décember the 16, 1766.

Your advancement gives me much satisfaction. The value I so justly have for you and your family cannot but engage me at all times to wish fort opportunities to give you proper marks of my regard and consideration.

CHARLES R.

For the Comte de SERRANT, the younger[1].

———

MONSIEUR LE COMTE DE SERRANT [2].

Ce 4 avril 1767.

Je vous ai parlé, mon cher papa [3], du mariage du Prince Edouard. Rien n'étoit si vrai. On disait hier qu'il s'étoit fait avant-hier et que le duc de Fitz-James avoit été le procureur, cette erreur là, est la preuve du secret qu'on y a mis. Voicy le vrai : le mariage s'est fait chez le duc de Berwick vendredy 27 mars à midy. M. de Berwick a été le procureur et Mlle de Stolberg [4], sœur aînée de la marquise de la Jamaïque, y étoit en personne. A 5 heures le même jour elle est partie devant estre conduitte par Melle Power dont vous avés entendu parler, par une demoiselle allemande qui l'a manquée de 24 heures et par M. Ryan major du reg^t de Berwick, de sorte qu'elle n'est partie qu'avec Melle Power et M. Ryan : on a dû arriver hier dans une ville du Frioul où le Prince se mariera. M. de Salm dont je tiens ces détails et qui est cousin germain, chez le père duquel la Princesse Stolberg a logée icy un mois et d'où elle est partie, m'a assuré que le pape reconnaissoit et traitteroit comme roy le Prince et qu'il y avoit des espérances icy pour la pension. Milord Harcourt a dit-on fait des plaintes qui n'ont pù ni dù embarrasser un ministre des Affaires Etrangères comme M. d'Aiguillon [5]. Je vais ce matin à Versailles avec M. de Salm qui me mène. Si j'apprends quelques autres détails je vous les manderai.

1. Antoine-Joseph Walsh, né à Cadix en 1774, mort à Serrant en 1817.
2. François-Jacques Walsh né à St-Malo en 1714, mort à Serrrant en 1782.
3. Lettre écrite à son père par le vicomte de Serrant.
4. La Comtesse d'Albany, Louise de Stolberg, veuve en 1788, vint à Paris aux approches de la Révolution, mena une existence artistique et eut Silvio Pellico comme secrétaire.
5. Le duc d'Aiguillon, ministre des Affaires étrangères.

Monsieur le Comte de SERRANT

Frascati ce 9 decembre 1791.

Mon cher Walsh, j'ai eue la satisfaction de recevoir le 6 de ce mois la lettre que vous m'avez écritte au sujet de l'abbé Walsh, votre petit-neveu, par ses propres mains : et j'ai été fort content de sa personne. Il me paroit d'avoir l'esprit et de bonnes inclinations pour se profiter des études proportionnés à sa vocation. Vous pouvez compter sur le vif intérêt, que je prendrai pour la bonne réussite de ce jeune garçon. Je le ferai venir de tems en tems chez moi ; et je veillerai sur sa conduite, afin que en deux mots on n'aie pas à le gater. Je vous connois trop pour ne point être sur de vos principes monarchiques ; et je me réjouis avec vous de vous voir cenquième de votre famille réuni sous la bannière des respectables Princes, qui sont à Coblentce, pour les quelles je fais des vœux les plus ardents afin que le Seigneur bénisse leurs opérations, et accomplisse leurs désirs, qui tres surement sont les miens. Je profite tres volontiers de cette occasion pour vous donner les plus vives assurances de l'affection sincère, que je porte a votre personne et a toute votre famille, et pour vous embrasser de tout mon cœur.

Henri R. Cardinal[1].

Minute de lettre du comte Walsh de Serrant au comte Pergen à Vienne.

Monsieur le Comte,

Depuis longtemps M. le duc de Polignac[2] a demandé à Votre Excellence un passeport pour que je puisse aller à Vienne, où différentes affaires m'appellent ; j'ai l'honneur d'en rappeler le souvenir à V. Ex. en m'adressant directement à elle, je ne puis croire un instant qu'elle y trouve difficultés ; pour le premier des François fideles qui ait paru à Vienne dès la fin de 1789, je suis loin de me regarder comme compris dans les déffenses etablies dans beaucoup d'endroits contre la géneralité du nom français ; touttes les administrations, et la votre sure-

1. Henri Benoît, frère du prince Charles-Edouard, cardinal, mort à Rome en 1807.
2. Armand Jules Marie Heraclius, mort en 1847.

ment, M^r le Comte, scavent faire les justes acceptions de personnes, de conduite et de caractere : elle distingue les victimes des coupables, et elle ne peut ranger que parmi les cosmopolites du meilleur genre, parmi les defenseurs zélés de tous les thrones et de tous les gouvernements ceux qui, comme moi, ont dès le 19 juillet 1789, et avant le torrent de l'émigration, suivi l'éternel principe de la monarchie françoise qui, lorsque le Roi est entre les mains de l'ennemi ou des rebelles, place la représentation de son autorité et l'obéissance, là où est le premier des princes libres, de son sang.

Anglois d'origine, françois par le hasard d'une autre revolution dans le dernier siècle, et par les effets de la même fidelité, en opposition aux memes crimes, je tiens fort, M. le Comte, à ce que vous presentiés ma demande à S. M. l'Empereur, aux pieds duquel j'ai eu l'honneur de me mettre en 1789, et depuis à Francfort.

Il voudra bien, j'ose l'espérer recevoir encore les hommages de quelqu'un qui scut apprecier les qualités qu'il montroit déjà pour le bonheur de ses peuples, avant de régner sur eux, et qui admire aujourd'huy et couvre de ses vœux ardents, sa marche glorieuse à la haute destinée d'estre le bienfaiteur du monde, en le préservant d'une submersion totale.

J'ai l'honneur d'etre, avec la considération la plus distinguée, M^r le Comte,

De votre Excellence le très humble
serviteur :

Le Comte de WALSH SERRANT.

Lettre adressée au Comte Pergen, ministre de l'Empereur d'Autriche.

———

MONSIEUR LE COMTE DE SERRANT

A Frascati, ce 19 novembre 1793.

Je ne puis pas vous exprimer, mon cher Walsh, ma sensibilité pour le zèle et attachement que vous me montrez par vos lettres du 14, 22, et 25 octobre et une du 15 septembre, que je ne sais par quel hasard ne m'ait parvenne qu'à present. J'ai fait dresser une memoire que vous trouverez cy jointe, par laquelle vous connoitérez precisement mes sentiments, auxquelles vous pourrez vous con-

former, comme cy elle etoit ecrite de ma propre main. J'ai écrit deux mots au
nonce de Bruxelles, me remettant au sudite memoire que vous pourrez lui communiquer. Il ne me rest donc rien à ajouter si non de vous assurer de toute mon
estime, et de l'amitié avec laquelle, mon cher Walsh, je vous embrasse de tout
mon cœur.

HENRY R. cardinal[1].

P. S. — La duchesse Fit James (Fitz-James) connoit parfaitement le carracter
du memoire qui a été faite à la hate. Adressé vous à elle, à qui j'ai écrit aussi
deux mots, et observes avec exactitud le dernier article dudit memoire.

(Lettre a. s. avec l'orthographe originale, 1 p. in-4 obl.).

MONSIEUR LE COMTE DE SERRANT

A Frascati, ce 10 décembre 1793.

Je n'est pas le temps, mon cher Walsh, d'entrer en detaille sur votre lettre que
j'ai reçue l'autre jour a Rome. Il vous suffils de sçavoir jusqu'a quel point je suis
sensible a votre zèle et attachement pour mon service et que l'énergie que vous
mettez dans touts vos opérations m'en assurent la continuation. Ce qui est
necessaire c'est que vous ne perdiez pas un moment pour que M^r le comte
de Trautsmansdorff et le comte de Wallis soient instruits de ma sensibilité pour
l'intérêt obligeant qu'ils ont voulus bien prendre pour moi, me reservant de leur
faire passer ensuite plus emplement mes sentiments de reconnoissance. On vous
envoira tous les eclaircissements possibles. Adieu, mon cher Walsh, vous connoissez déjà les sentiments d'estime et d'amitié avec lesquelles je vous embrasse
de tout mon cœur.

HENRY R. cardinal.

MONSIEUR LE COMTE DE SERRANT

A Frascati, ce 14 janvier 1794.

J'ai receu, mon cher Walsh, votre longue lettre du 19 novembre par laquelle je
vois votre zele pour mon service dans toute son étendue. Il ne me reste donc rien

---

1. Henri Benoît, cardinal d'York, fils de Jacques III (le chevalier de St-Georges), et de Marie
Sobieska, mort à Rome en 1807.

11

plus à dire, puisque vous est au fait de mes sentimens, si non de me loué infiniment d'avoir dans tout cette affair, une personne comme vous sur laquelle je
puis compter comme sur moi même. Je vois que M^r le Nonce est bien empressé
pour seconder vos vues dans tout ce qui dépend de lui ; marqué lui ma reconnoissance et servez vous de son canal pour envoier vos lettres. Adieu mon cher
Walsh. Je sui tout à vous.

HENRY R. cardinal.

APPENDICE

Dublin, 2 janvier 1580. — (22ᵉ année du règne). — La reine Elisabeth nomme Walter Walsh de Mountayne vice-lieutenant du comté de Kilkenny (en Irlande).

Elisabeth, Dei gracia, Anglie, Francie et Hibernie regina, fidei defensor, etc. Omnibus ad quos presentes littere pervenerint, salutem.

Sciatis quod constituimus dilectum nobis Walterum Walshe de Mountayne, generosum, vicarium nostrum comitatus nostri Kilkennensis ; habendum, tenendum, occupandum et excercendum officium illud prefato Waltero Walshe, quamdiu nobis placuerit ; ita quod firmas debitas comitatui predicto nobis annuatim reddat ; ac de omnibus aliis redditibus, exitibus et profituis comitatus predicti nobis ad scaccarium nostrum Hibernie respondeat et compotum inde reddat, prout moris est. In cujus rei testimonium has litteras fieri fecimus patentes ; teste Thoma comite Ormonie et Ossori, thesaurario regni nostri Hibernie. Datum apud Dublin, secundo die januarii, anno regni nostri XXIIᵈᵒ.

MAIMVARINGE, RECEPTOR REGINE.

(Acte sur parchemin petit in-4° carré, autrefois scellé sur double queue).

Dublin 4 janvier 1580 (22ᵉ année du règne). — La reine Elisabeth ordonne à Ricard Sheethe et Robert Rothe de recevoir le serment de Walter Walsh de Mountayne, nommé vice-lieutenant du comté de Kilkenny.

(Original sur parchemin).

Dublin, 29 novembre 1586 (28ᵉ année du règne). — La reine Elisabeth nomme Walter Walsh vice-lieutenant du comté de Kilkenny (en Irlande).

(Original sur parchemin).

Dublin, 11 mai 1621.

Jacques I, roi d'Angleterre, d'Ecosse et d'Irlande, approuve le bail à *fieffe* passé entre feu Walter Walsh de Castlehoell, au comte de Kilkenny, esquire, d'une part, et Richard Grant de Corsoddy, Guillaume Wale de Muckery, au comte de Tipperary. Les revenus de ces terres seront délivrés à Walter Walsh, après lui, à sa femme Elicie Cutler ; après elle, à l'un de leurs cinq fils, Robert, Edmond, Jacques, Guillaume et Jean Walsh ; après eux, à Robert Walsh, père de Walter Walsh.

(Original sur parchemin).

Dublin, 6 août 1623 (21e année du règne en Angleterre).

Jacques I, roi d'Angleterre, d'Ecosse et d'Irlande, se référant à ses lettres patentes datées de Westminster, 23 sept. 1622 (20e année du règne), donne à Gautier Walsh le jeune, cousin et héritier de Gautier Walsh de Castlehoyle au comté de Kilkenny (en Irlande), fils de Robert Walsh, fils lui-même de Gautier Walsh le vieux, l'héritage de ce dernier, moyennant 57 livres, 6 sous, 8 deniers (monnaie d'Irlande), à verser au trésor de Dublin ; temoin Henri vicomte de Falkland, député général en Irlande.

(Original sur parchemin scellé sur double queue).

Blackfryers, près Kilkenny, en Irlande, 8 avril 1635 (ancien style).

Attestation relative à l'aliénation par feu Walter Walsh de Castlehoyle, (comté de Kilkenny), d'un fief sis à Farrenfelbine et Ballyferoge, au profit de Edmond Walsh, de Killmanalim, et d'Agnès Walsh, sa femme, d'après les rôles de la chancellerie d'Irlande, sous Charles I. — Copie notariée, faite en 1752, avec nombreux sceaux et attestations légales et diplomatiques pour servir à l'étranger.

(Original sur parchemin).

Lettres sur arrêt portant reconnoissance de noblesse en faveur d'Antoine Walsh

Louis, par la grace de Dieu, Roy de France et de Navarre, à nos amés et feaux conseillers les gens tenans nos cours de Parlement et des Comptes de Bretagne et à tous autres nos officiers et justiciers qu'il appartiendra, Salut.

Par arrêt rendu en notre Conseil d'Etat, Nous y etant, le dix novembre mil sept cent cinquante trois, sur la requête de notre cher et bien amé Antoine Walsh, secretaire du Roy, maison, couronne de France et de nos finances, d'origine Irlandoise ; Nous aurions, sur les titres y joints et pour les causes y contenues, reconnu ledit Sr Walsh pour noble de nom et d'armes, et maintenu dans sa noblesse d'ancienne extraction, ordonné qu'il seroit regardé comme tel, tant en jugement que dehors, et qu'en consequence il jouiroit par lui et sa posterité, nés et à naitre en legitime mariage des memes honneurs, privileges, preeminences, prerogatives, franchises et exemptions dont jouissent les nobles gentilshommes du royaume, tant qu'ils vivront noblement et ne feront acte derogeant à noblesse ; et qu'à cet effet il seroit inscrit au cathalogue des nobles, conformement aux reglement et arrêt des vingt deux mars mil six cent soixante six et vingt six fevrier mil six cent quatre vingt dix sept ; et ordonné aussy que sur le present arrêt toutes lettres necessaires seroient expédiées ; lesquelles ledit Sr Antoine Walsh nous a tres humblement fait suplier de lui vouloir accorder. A ces causes, de l'avis de notre conseil, par ces presentes signées de notre main, reconnoissons ledit Sr Antoine Walsh pour noble de nom et d'armes ; et l'avons maintenu et maintenons dans sa noblesse d'ancienne extraction ; voulons et ordonnons qu'il soit regardé comme tel, tant en jugement que dehors ; et qu'en consequence il jouira, par lui et sa postérité, née et à naitre en légitime mariage, des memes honneurs, privileges, preeminences, prerogatives, franchises et exemptions dont jouissent les nobles et gentilshommes de notre royaume, tant qu'ils vivront noblement et ne feront acte derogeant à noblesse ; qu'a cet effet il sera inscrit au cathalogue des nobles, conformement aux reglement et arrêt des vingt deux mars mil six cent soixante et six, et vingt six fevrier mil six cent quatre vingt dix sept. Si vous mandons que ces presentes vous ayés à faire registrer et le contenu en icelles executer, selon leur forme et teneur ; cessant et faisant cesser tous troubles et empechemens, non obstant toutes choses à ce contraires. Car tel est notre plaisir. Donné à Versailles, le premier jour de decembre, l'an de grace mil sept cent cinquante trois et de notre regne le trente neuvième.

Louis.

Par le Roy :

PHELYPPEAUX.

Insinué à Nantes, le 9e juin 1756 ; due la somme de cent vingt livres, compris les 4 s. par l., sans tirer à conséquence, vu l'arrêt d'enregistrement.

MIONNET.

Enregistré au greffe de la Cour du parlement de Rennes sur fin d'arrest du 9 janvier 1754 :

PICQUET.

Enregistré au greffe de la Chambre des Comptes de Bretagne en vertu d'arrest d'icelle du 6 fevrier 1754.

FLEURY.

Commis greffier.

(Scellé sur simple queue en cire jaune).

1755

Louis, par la grâce de Dieu, roi de France et de Navarre, à tous présents et à venir, salut. Nous voyons avec plaisir que la fertilité de notre royaume, la douceur des mœurs de nos sujets, la sagesse de nos lois et la modération de notre gouvernement y attirent plusieurs familles étrangères, qui trouvent dans l'étendue de nos états à faire des établissements avantageux pour elles et pour notre royaume ; c'est aussi pour favoriser ces établissements,

et encourager à les multiplier, que nous ne négligeons aucune occasion de donner à ces
familles des preuves de notre bonté, en les adoptant parmi nos autres sujets par des lettres
de naturalité, en leur conservant les prérogatives de leur naissance par des lettres
de reconnaissance de noblesse, et décorant les possessions qu'ils acquièrent des titres dont
elles sont susceptibles ; c'est par ces mêmes motifs, et sur ces mêmes principes que les frères
Walsh, nés dans notre royaume, mais Irlandais d'origine, nous ayant justifié par des titres
authentiques qu'ils étaient issus d'une ancienne maison noble, laquelle remonte à leur dix-
neuvième aïeul, Philippe Walsh, surnommé le Breton (en Irlandais Brenagh), qui, en 1174,
tua de sa main l'amiral de la flotte danoise, qui avait envahi le pays, et s'acquit par là une
gloire immortelle et de grandes possessions en Irlande, dont ses descendants ont joui, et
qu'ils ont même augmentées par des alliances illustres, et que la splendeur et les richesses
des Walsh, en Irlande, ont subsisté tant qu'il a été permis à des sujets fidèles à Dieu et à
leur roi de conserver leurs possessions et leurs titres : Nous avons reconnu leur ancienne
noblesse par des décrets de notre conseil, et nos lettres-patentes que notre parlement et
notre chambre des comptes de Bretagne ont enregistrés avec une sorte d'empressement qui
marquait bien la satisfaction que donnaient à ces cours les titres qui nous avaient été présen-
tés et sur lesquels nous avons reconnu l'ancienne extraction noble des sieurs Walsh. Les
preuves distinguées qu'ils nous ont données de leur zèle pour notre service nous ont encore
porté à recevoir la très-humble supplication qui nous a été faite par le sieur François-Jacques
Walsh, seigneur du comté de Serrant, de la baronnie d'Ingrande, des châtellenies de
Champtocé, de Savenières, de Serrant, de la Roche-Serrant, de Belnoé-en-Petit-Paris, et
autres lieux, pour réunir ces différentes seigneuries et leurs dépendances, et les ériger en
comté de Serrant, pour sa postérité légitime, née et à naître ; et nous nous sommes aussi
déterminé à lui accorder cette grâce sur les aveux que ses auteurs nous ont rendus, ou que
les fiefs servants ont rendus aux seigneurs de Serrant, dans lesquels aveux, ainsi que dans
les jugements et arrêts, ils ont pris anciennement le titre de comtes de Serrant ; nous sommes d'ailleurs informés que cette terre est décorée d'un des plus beaux châteaux qui soient
dans notre royaume, en sorte qu'avec la réunion demandée, elle formera un revenu d'environ 50.000 livres, sera composée d'une baronnie ancienne, qui a les plus beaux droits, et
de cinq grandes châtellenies, d'où relèvent quantité de fiefs. Ce sont ces considérations qui
nous ont déterminé à nous prêter à l'érection en comté qu'il désire pour sa terre, et nous
avons bien voulu lui accorder les lettres pour ce nécessaires.

A ces causes, et pour autres considérations, nous avons de notre grâce spéciale, pleine
puissance et autorité royale, joint, uni et incorporé, et par ces présentes, signées de notre
main, joignons, unissons et incorporons à ladite terre et seigneurie de Serrant, la baronnie
d'Ingrande, les châtellenies de Champtocé, de Savenières, de Serrant, de la Roche-Serrant,
de Belnoé-en-Petit-Paris, circonstances et dépendances, dont le sieur Walsh est propriétaire,
pour dorénavant ne faire qu'une seule et même terre, fief et seigneurie, que nous avons
créée, érigée et élevée, et par ces présentes, créons, érigeons et élevons en titre et dignité
de *comté*, sous la dénomination de *Serrant*, pour en jouir par ledit sieur Walsh et sa postérité légitime, née et à naître, sous les nom, titre et dignité de comte de Serrant ; nous
voulons et nous plaît qu'ils puissent se dire, nommer et qualifier tels en tous les actes, tant
en jugement que dehors, et qu'ils jouissent des honneurs, droits d'armes, blason, autorités,
prérogatives, rangs, prééminences en fait de guerre, assemblées d'états et de noblesse, tout
ainsi et de même que les autres comtes de notre royaume, encore qu'ils ne soient si parti-

culièrement spécifiés ; voulons pareillement que tous vassaux, arrière-vassaux et autres
tenant noblement et en roture dudit comte, fassent à l'avenir foi et hommages, et donnent
leurs aveux et dénombrements et déclarations, le cas y échéant, sous le nom de comte de
Serrant, et que les officiers exerçant la justice dudit comté, intitulent leurs senten-
ces et jugements sous ledit nom, sans néanmoins aucune mutation, ni changement de ressort et de mouvance, et sans contrevenir aux cas royaux, dont la justice appartiendra à nos
baillis et sénéchaux, ni que par raison de la présente ledit sieur Walsh soit tenu envers
nous, ou ses vassaux et tenanciers envers lui à autres plus grands droits et devoirs que
ceux qu'ils doivent à présent, sans cependant déroger ni préjudicier aux droits et devoirs,
si aucuns sont dus à autres que nous, ni qu'au défaut d'hoirs mâles en loyal mariage, nous
puissions, ni les rois nos successeurs, prétendre lesdites terres unies à notre domaine ; mais
seulement elles retourneront en même et semblable état qu'elles étaient avant ces présentes.
Si donnons en mandement à nos amés et féaux conseillers, les gens tenant nos cours de
parlement et aides de Paris, que les présentes lettres d'union et d'érection ils aient à faire
registrer, et de leur contenu faire jouir et user ledit Walsh et sa postérité légitime, née et
à naître, pleinement, paisiblement et perpétuellement, cessant et faisant cesser tous troubles et empêchements contraires, sauf toutefois notre droit en autres choses et celui d'autrui
en tout. Car tel est notre plaisir, et afin que ce soit chose ferme et stable à toujours, nous
avons fait mettre notre scel à ces dites présentes.

Donné à Versailles, au mois de mars, l'an de grâce mil sept cent cinquante-cinq, et de
notre règne le quarantième. Signé *Louis* ; plus bas, par le roi, signé *Phelypeaux* ; à côté,
visa, *Machault*, et scellées sur lacs de soie rouge et verte.

Ces lettres patentes furent enregistrées, 1° à Angers, le 9 avril ; 2° au parlement de Paris
le 16 juillet ; 3° à la cour des aides le 30 du même mois ; 4° et au greffe de la sénéchaussée
d'Angers le 5 septembre de la même année 1755,

Louis XV au Maréchal de THOMOND

Mon cousin ayant donné à Antoine-Joseph Walsh la charge de lieutenant en second en la
compagnie de Mortangh O'Brien dans le regiment d'infanterie irlandoise de Clare qui est
sous votre charge, vacante par la promotion de Jean Shougron à une lieutenance. Je vous
écris cette lettre pour vous dire que vous ayiés à le recevoir à faire reconnoître en la dite
charge, de tous ceux et ainsi qu'il apartiendra ; et la présente n'étant pour autre fin, je prie
Dieu qu'il vous ait, mon cousin en sa sainte et digne garde. Ecrit à Versailles le treize juillet 1760.

Louis ; et plus bas : Boyer.

Louis par la grace de Dieu Roy de France et de Navarre à notre cher et bien amé le s^r
Antoine Joseph Walsh c^{te} de Serrant[1], lieutenant en second dans le régiment d'infanterie
irlandoise de Clare, salut, mettant en consideration les services que vous nous avés rendus

---

1. Né en 1744 à Cadix, mort à Serrant en 1817.

dans toutes les occasions qui s'en sont préséntées, et voulant vous en témoigner notre
satisfaction : A ces causes et autres à ce nous mouvans, nous vous avons commis, ordonné
et établi, commettons, ordonnons et établissons par ces presentes signées de notre main
capitaine réformé a la suitte du régiment de cavalerie irlandoise de Fitzjames pour y servir
en la dite qualité du jour et datte de ces présentes nonobstant ce qui est porté par le sixième
article de notre ordonnance du vingt neuf fevrier mil sept cens vingt huit sous notre autorité et sous celle du seigneur marquis de Bethunes colonel général de notre cav^rie legere et
du seigneur marquis de Castries général d'icelle, à la part et ainsi qu'il vous sera par nous
ou nos lieutenants-généraux commandé et ordonné pour notre service, notre intention
n'étant pas néantmoins que vous puissiés prétendre aucuns apointemens en la d. qualité de
Cap^ne ref^é . De ce faire vous donnons pouvoir commission, autorité et mandement spécial.
Mandons à notre très cher et bien amé cousin le m^is de Fitzjames m^e de camp du dit rég^t et
en son absence a celui qui le commande de vous recevoir et faire reconnoître en la d. qualité
et à tous qu'il apartiendra, qu'a vous en ce faisant soit obéi : Car tel est notre plaisir.

Donné à St Hubert le vingt cinquième jour de juillet l'an de grace mil sept cens soixante
deux et de notre regne le quarante septième.

Louis
Par le Roy :
Le duc de Choiseul

A Versailles le 10 may 1773

Le Roy ayant jugé à propos, monsieur, d'incorporer, par son ordonnance du 26 du mois
dernier, le régiment d'infanterie irlandoise que vous commandés, dans la legion Corse qui
prend le nom de Dauphiné, pour y remplacer l'infanterie que Sa Maj^té fait passer dans le
régiment royal Corse, pour lui former un second bataillon ; Sa Maj^té vous a nommé pour
être colonel du régiment de Bassigny qui doit être formé des second et quatrième bataillons
du régiment d'Aunis : vous aurés pour lieutenant colonel le s^r Castillon de Monchamp qui
l'est du régiment d'Aunis, et pour major le s^r Clarcke qui l'est du régiment de Bulckcley.

Le s^r Butler lieut^t-colonel du régiment de Walsh passe à la lieut^ce colonelle du régiment
d'Aquitaine.

D'après ce que vous avés dit, pour qu'il m'en fût rendu compte, que le s^r de Segrave major
de votre régiment, ne sachant pas un mot de françois, ne pouvoit vous suivre, j'ay jugé que
le bien du service s'oposoit à ce qu'il fût remplacé, et comme c'est un ancien officier qui
a bien servi, j'ay proposé à Sa Maj^té de lui accorder dix-huit cens livres d'apointemens par
an, pour lui servir de retraite et en joüir, comme major attaché à la brigade Irlandoise, ou à
une place, à son choix, sans autre retenüe que des quatre deniers pour livre.

Quant à ce qui vous concerne personnellement, elle a réglé que vous conserverés, même
lorsque vous serés officier général, le traitement entier de colonel d'un régiment Irlandois,
qui est de douze mille livres par an, sans autre retenüe que des quatre deniers pour livre,
dans lequel cependant elle entend que les apointemens de colonel du régiment françois
auquel elle vous a fait passer, soient compris pendant le tems que vous en serés pourvû, de
façon que votre traitement soit dans toutes les circonstances de la d. somme de douze mille
livres,

Que pour la completer, les apointemens de colonel d'un régiment françois n'étant actuellement que de 4.500 livres, vous serés payé sur des ordonnances particulières, de sept mille cinq cens livres par an, à titre d'apointémens conservés ;

Que quand vous quiterés le régiment de Bassigny, soit que vous en donniés votre démission, soit que vous soyes avancé au grade de mar^{al} de camp, vous retirerés vingt quatre mille livres du prix qui sera déposé par l'officier que Sa Maj^{té} aura choisi pour vous succeder :

Que cependant vous serés remplacé à la charge de colonel d'un régiment Irlandois, quand il en vaquera, soit que vous soyés encore pourvû du régiment de Bassigny, ou que vous ayés été fait officier général, que dans le premier cas, vous ne retirerés point les dites vingt-quatre mille livres, et que dans le second vous serés tenu de les restituer :

Enfin que le traitement de douze mille livres d'apointemens qui vous est conservé, sera suprimé, quand vous serés remplacé à un régiment Irlandois, ou à un autre corps dont le colonel doive avoir des apointemens de pareille somme.

J'ay représenté a Sa Majesté que quand vous avés été nommé colonel du régiment de Roscommon, il avoit été fait sur les appointements de cette charge, la réserve de deux mille livres par an, en faveur de M^r le ch^{er} de Nugent lieutenant général pour en joûir, sa vie durant : Elle a bien voulû vous ôter cette charge, et pour vous laisser la joûissance entière du traitement de colonel d'un régiment Irlandois, Elle a décidé que M. de Nugent sera payé à l'avenir des d. deux milles livres, à titre de gratification annuelle sur l'extraordinaire des guerres.

Vous devés juger par ces dispositions que l'intention de Sa Maj^{té} a été de vous traiter favorablement, dans une circonstance où le bien de son service lui a parû exiger les changemens qui vous privent d'un régiment que l'usage vous eût conservé, lorsque vous auriés été fait officier général : Elle est au surplus persuadée que vous ne montrerés pas moins de zèle dans le commandement d'un régiment françois, et qu'il ne lui reviendra que des témoignages avantageux de votre conduîte à la tête de ce corps.

J'ay l'honneur d'être très parfaitement, Monsieur, votre très humble et très obeissant serviteur.

Le M^{al} DU MUY.

MONSIEUR LE COMTE DE SERRANT

A Versailles le 20 juillet 1776.

On ne peut être plus sensible que je le suis, Messieurs, a la lettre que vous m'avés fait l'honneur de m'écrire et aux choses obligeantes que vous avez la bonté de me dire sur le rétablissement du régiment d'infanterie de Walsh. Si j'ay été assés heureux pour y contribuer, je me trouve amplement dédommagé par la pensée d'avoir fait rendre la justice que merite la nation irlandoise. Le Roy sçait qu'elle lui a rendu d'importans services, qu'elle lui en rendra encore, et qu'elle a toujours été pretieuse au succès de ses armes.

12

Dans toutes les circonstances de ma vie, je seray très flatté de vous donner des preuves de la consideration avec laquelle j'ay l'honneur d'être, Messieurs, votre très humble et très obéissant serviteur.

Signé : Le P^{ce} DE MONTBARREY.

MONSIEUR LE COMTE DE SERRANT

A Versailles le 4 juillet 1777.

Sur le compte, Monsieur, que j'ay rendu au Roy de vos services, Sa Majesté a bien voulu vous accorder une place de chevalier dans l'ordre roïal et militaire de Saint Louïs. Je ferai expedier les ordres pour vous faire recevoir, lorsque vous m'aurés marqué le nom et les qualités de l'officier qui se trouvera le plus à portée de vous conférer la croix du dit ordre ; j'ai l'honneur de vous en donner avis et d'etre très parfaitement, Monsieur, votre très humble et très obéissant serviteur.

Le P^{ce} DE MONTBAREY

Monsr Antoine Joseph Philippe c^{te} de Walsh-Serrant, la satisfaction que j'ay de vos services m'ayant convié à vous associer à l'ordre militaire de St Louis, je vous ecris cette lettre pour vous dire que j'ay commis le s^r c^{te} de Caraman marechal de camp en mes armées et chevalier du dit ordre pour, en mon nom, vous recevoir et admettre à la dignité de chevalier de St Louis, et mon intention est que vous vous adressiés a lui pour preter en ses mains le serment que vous êtes tenu de faire en la dite qualité de chevalier du dit ordre et recevoir de luy l'accollade et la croix que vous devés dorenavant porter sur l'estomac, attachée d'un petit ruban couleur de feu : voulant qu'après cette réception faite, vous teniés rang entre les autres chevaliers du d. ordre, et joüissiés des honneurs qui y sont attachés. Et la présente n'estant pour autre fin, je prie Dieu qu'il vous ait Mons. Antoine-Joseph Philippe c^{te} de Walsh Serrant en sa sainte garde.

Ecrit à Versailles le quatorze juillet 1777.

LOUIS, et plus bas : SAINT-GERMAIN.

MONSIEUR LE COMTE DE SERRANT

Versailles le 28 fevrier 1778.

Je ne puis assés vous faire de remerciments, Monsieur le comte, de toutes les lettres que vous avés bien voulu m'écrire, ce commerce a pour moy agrement et utilité, et je vous auray une veritable obligation de le continuer tant que vous resterés en Angleterre ou vous avez la liberté de rester tant que vos affaires vous y obligeront ou exigeront votre presence. Je fais de vos lettres l'usage que je dois et que vous pouvés desirer et je vous prie d'être très persuadé que je vous en ay une essentielle reconnoissance, j'ay l'honneur d'être avec le plus sincère attachement, Monsieur le comte, votre très humble, et tres obeissant serviteur.

Le P^{ce} DE MONTBAREY.

MONSIEUR LE COMTE DE SERRANT

A Versailles le 1er mars 1780.

Le Roy ayant bien voulû, Monsieur, vous accorder le grade de brigadier, j'ai l'honneur de vous en informer avec plaisir et d'être très parfaitement, Monsieur, votre très humble et très obéissant serviteur.

Le P^{ce} DE MONTBAREY.

Aujourd'hui premier du mois de mars 1780 le Roy, étant à Versailles, mettant en considération les bons et fidèles services que le s^r Antoine Joseph Philippe c^{te} de Walsh-Serrant colonel commandant d'un régiment d'infanterie irlandoise de son nom lui a rendus en diverses charges et emplois de guerre qui lui ont été confiés, dans lesquels il a donné des preuves de sa valeur, courage, expérience en la guerre, diligence et bonne conduite, ainsi que de sa fidélité et affection à son service ; et voulant lui en marquer sa satisfaction, Sa Majesté l'a retenu, ordonné et établi en la charge de brigadier d'infanterie pour dorénavant en faire les fonctions, en jouir et user aux honneurs, autorités, prérogatives et prééminences qui y appartiennent, tels et semblables dont jouissent ceux qui sont pourvus de pareilles charges, et aux appointemens qui lui seront ordonnés par les états de Sa Majesté ; laquelle, pour témoignage de sa volonté, m'a commandé de lui expédier le présent brevet, qu'Elle a signé de sa main, et fait contre-signer par moi son conseiller-secrétaire d'État, et de ses commendemens et finances.

LOUIS, *et plus bas :*
Le P^{ce} DE MONTBAREY.

MONSIEUR LE COMTE DE SERRANT

A Versailles le 1er janvier 1784.

Le Roy ayant bien voulu, Monsieur, vous accorder le grade de maréchal de camp en ses armées, j'ai l'honneur de vous en informer et d'être avec un parfait attachement, Monsieur, votre très humble et très obéissant serviteur.

Le M^{al} DE SEGUR.

Aujourd'hui premier du mois de janvier 1784 le Roy étant à Versailles, mettant en consideration les bons et fidèles services que le s^r Antoine-Joseph comte de Walsh-Serrant, brigadier d'infanterie, lui a rendus en diverses charges et emplois de guerre qui lui ont été confiés, dans lesquels il a donné des preuves de sa valeur, courage, expérience en la guerre, diligence et bonne conduite, ainsi que de sa fidélité et affection à son service ; et voulant lui en marquer sa satisfaction, Sa Majesté l'a retenu, ordonné et établi en la charge de maréchal de camp en ses armées, pour dorénavant en faire les fonctions, en jouir et user aux honneurs, autorités, prerogatives et prééminences qui y appartiennent, tels et semblables dont jouissent ceux qui sont pourvus de pareilles charges, et aux appointemens qui lui seront ordonnés par les états de Sa Majesté : Laquelle, pour témoignage de sa volonté, m'a commandé de lui expédier le présent brevet, qu'Elle a signé de sa main, et fait contresigner par moi conseiller-secrétaire d'Etat et de ses commandemens et finances.

> Louis, *et plus bas :*
>
> Le M^{al} DE SEGUR.

Monsr le c^{te} de Walsh ayant donné à Antoine François Walsh, né le treize octobre 1767 la charge de sous lieutenant de remplacement de sa compagnie de Walsh dans le régiment d'infanterie irlandoise que vous commandés, créée par mon ordonnance du douze juillet dernier, Je vous écris cette lettre pour vous dire que vous ayiés a le recevoir et faire reconnoitre en la d. charge de tous ceux et ainsi qu'il appartiendra, et la présente n'étant pour autre fin, je prie Dieu qu'il vous ait, Monsr le c^{te} de Walsh en sa sainte garde.

Ecrit à Versailles le deux septembre 1784.

> Louis, *et plus bas :*
>
> Le M^{al} DE SEGUR.

Louis Joseph de Bourbon prince de Condé prince du sang, pair et grand maître de France, lieutenant général des armées du Roy, chevalier de ses ordres, gouverneur et lieutenant général des provinces de Bourgogne et de Bresse, colonel général de l'infanterie françoise et étrangère.

Vû la presente lettre du Roy adressée à M. le c^{te} de Walsh portant que Sa Majesté a donné au dit Antoine François Walsh la charge de sous-lieutenant de remplacement de la comp^{ie} de Walsh.

Nous en vertu du pouvoir que nous en avons à cause de notre place de colonel général de l'infanterie françoise et étrangère mandons à M. le c^{te} de Walsh, et en son absence a l'officier qui commande le régiment de Walsh, de recevoir et faire reconnoître le d. Walsh en la charge de sous-lieutenant de remplacement de la c^{ie} de Walsh de tous ceux et ainsi qu'il appartiendra ; en foi de quoi nous avons fait expedier la presente que nous avons signée et fait contresigner par le secretaire général de l'infanterie françoise et étrangère.

Donné à Paris le 14 mai 1785.

> Louis Joseph DE BOURBON.

Pour Son Altesse Sérénissime :

> BOULOGNE DE LASCOURS.

Mons. le comte de Walsh-Serrant ayant confiance en votre sagesse, et en votre zèle et affection à mon service, je vous ai choisi pour être du nombre des personnes qui doivent composer l'Assemblée générale de la généralité de Tours, et je vous fais cette lettre pour vous dire que mon intention est que vous vous rendiez à Tours le 11 du mois d'aout prochain a l'effet d'assister a la d^te Assemblée. Sur ce, je prie Dieu qu'il vous ait Mons. le comte de Walsh-Serrant en sa sainte garde.

Ecrit à Versailles le 20 juillet 1787.

Louis, et plus bas :
Le B^{on} DE BRETEÛIL.

MONSIEUR LE COMTE DE SERRANT

A Whitehall ce 30 sept^e 1794.

MONSIEUR,

Le Roi desirant remplir les intentions de la législature d'Irlande, et de donner à ses sujets catholiques de ce royaume, un prompt témoignage de son affection et de sa confiance, s'est déterminé à retablir le corps connû cy devant sous le nom de la brigade Irlandoise ; et comme vous étiez colonel d'un des régiments dont elle étoit composée, Sa Majesté m'a donné l'ordre de vous offrir dans ce nouveau corps le même rang de colonel que vous teniez dans l'ancien.

L'intention de Sa Majesté est, que cette brigade soit maintenant composée de quatre regiments, le commandement de trois desquels, Elle m'a ordonné d'offrir aux colonels (ou à leurs representans) qui ont commandé les trois corps qui composoient la brigade, lorsqu'elle étoit au service de Sa Majesté très chretienne, et celui du quatrième à monsieur O'Connell, cy devant officier général au service de France, et certainement bien connu de vous et de tous les gentilshommes irlandois qui ont servi dans ce corps.

Il a aussi plu à Sa Majesté, de déterminer, que tous les officiers, tant de l'état-major, que les autres, excepté vous, Monsieur le comte, et Monsieur le duc de Fitzjames, seront pris d'entre ceux de ses sujets qui sont nés en Irlande, et qui se seront distingués par leurs services, dans les mêmes grades dans la brigade, et que si l'on manque d'officiers, (comme il y a toute apparence) pour remplir les grades inférieurs, on les choisisse dans les familles de gentilshommes de la même religion, dont la demeure a toujours été en Irlande.

L'intention de Sa Majesté est de plus, que cette brigade soit mise, du moment qu'elle sera complette, sur l'état militaire de ce royaume, ou de celui d'Irlande, en sorte que, dès ce moment là, les officiers qui y tiendront des places, prendront rang avec les autres officiers des armées de Sa Majesté, et en cas que le corps soit reformé, ils auront droit à la dernière paye.

Sa Majesté recevra aussi la récommendation des colonels dans le choix des officiers, et cela surtout, quand ces récommandations seront faites en faveur de ceux qui ont servi cy devant dans la brigade irlandoise. — Mais elle ne permettra pas, qu'aucune considération pécunière soit donnée pour obtenir aucun rang dans ce corps ; et en conséquence, comme il n'aura été permis à aucun officier de quelque rang qu'il soit, de rien payer pour sa place, il doit comprendre clairement, que sous aucun prétexte, il ne lui sera permis de la vendre.

Sa Majesté m'a commandé aussi de vous informer, qu'Elle est déterminée à ce que ce corps soit spécialement affecté au service des colonies de Sa Majesté dans les Antilles, ou dans telle autre possession de Sa Majesté, hors de ses deux royaumes de la Grande Bretagne et d'Irlande, qu'il lui plaira de les employer ; et que Sa Majesté s'attendra à ce que tout officier de quelque rang qu'il soit, qui a l'honneur d'avoir un brevet dans ces corps, se tiendra comme indispensablement obligé de venir avec son regiment dans quelque partie du monde que ce soit.

Sans entrer dans de plus grands détails sur ce sujet, j'ajouterai seulement, à l'occasion de votre qualité de colonel propriétaire d'un des régiments de l'ancienne brigade irlandoise, qu'il est très essentiel, que je vous rappelle, Monsieur le Comte, que la constitution de ce pays-ci n'admet aucune propriété semblable, attendû comme vous devez vous le rappeler, que les fonds pour l'établissement militaire, ne sont accordé que pour l'année, et que par consequent il ne peut avoir qu'une existence annuelle.

Cependant, quoique votre place ne vous soit confiée par la législature que pour un an, on doit en considérer la possession comme vous étant assurée, durant votre bonne conduite, terme que je ne puis regarder de moindre durée que celui de votre vie.

Je vous ai maintenant exposé toutes les circonstances qui m'ont paru nécessaires pour vous aider à déterminer si vous devez accepter les offres gracieuses de Sa Majesté ; je n'ai qu'à ajouter, que, si après mûre consideration, il vous parait plus convenable de ne pas vous en prévaloir, la bonté naturelle de Sa Majesté la disposera à interpréter les motifs qui vous auront déterminé, de la manière la plus favorable pour vous ; et je puis même vous assurer, que dans le cas même où vous accepteriez la proposition que je suis chargé de vous faire, et que la guerre finie, ou même pendant sa durée, vous soyez d'avis de quitter le service de Sa Majesté, et de rentrer à celui de Sa Majesté très chrétienne, que vous trouverez le Roi disposé de même de vous accorder vôtre congé, et de considérer cette mesure avec sa bonté accoutumée.

Je ne sçaurois douter, que vous n'ayez la bonté d'informer les officiers de la brigade, qui ont eû l'honneur de servir sous vos ordres, des intentions du Roi à leur égard, selon la forme et les conditions que je vous ai spécifié cy-dessus ; et que vous voudrez bien aussi leur recommander, de se rassembler, le plutôt possible, à quelque endroit convenable d'où ils pourront le plus commodément se rendre en Irlande, et se mettre en état de remplir les devoirs qui leur seront consignés de la part du Roi.

Je n'ai pas besoin de vous dire, que dans le cas, où vous vous décideriez à accepter la proposition que Sa Majesté m'a autorisé a vous faire, il n'y aura pas un moment à perdre pour vous rendre ici, afin de régler tout ce qui a rapport à la levée des corps, le plus promptement possible.

Il ne me reste qu'à vous prier d'être assuré, que je m'estime très heureux d'avoir été autorisé à vous donner ce témoignage, non équivoque, de la bonne opinion et de l'estime de Sa Majesté.

J'ai l'honneur d'être, Monsieur le Comte, votre très humble et très obeissant serviteur,

Portland.

*Palais de St James, 1er oct. 1794. — Brevet de colonel d'infanterie (dans la brigade irlan-
daise), pour Antoine Walsh, comte de Serrant, au nom du Roi Georges III, sous la
signature de lord Portland.*

George the third, by the grace of God, King of Great Britain, France and Ireland, Defender
of the Faith, etc. to our trusty and wilbelowed Antony, count Walsh de Serrant, greeting :
we reposing especial trust and confidence in your loyalty, courage and good conduct, do,
by these presents constitute and appoint you to be colonel of a regiment of foot forming
part of the corps known by the name of the irish brigade, and likewise to be captain of a
company, in our said regiment. You are therefore to take oursaid regiment as colonel and
the said company as captain in to your. Care and charge, and duly to exercise, as well, the
officers as soldiers there of in arms, and to use your best endeavours to keep them in good
order and discipline ; and we do hereby command them to obey you as their colonel and
captain respectively ; and you are to observe and follow such orders and directions, from
time to time ; and you shall receive from us, or any other your superior officer, according
to the rules and discipline of war, in pursuance of the trust, we hereby repose in you. —
Given at our court, at Saint James's, the first day of october 1794, in the thirty fourth year
of our reign.

By his Majesty's command.
PORTLAND.

Ent^d in the secretary office,
    Gaspar LEK.

Ent^d in the must p^r Master gen^{ls} office,
    W. HANDCOCK dep^y M^r M^r gen^l.

(Pour) Anthony count WALSH DE SERRANT,
    Colonel of a reg^t of foot.

A Weymouth, le 30 aout 1797.

MONSIEUR,

J'ai reçu ici votre lettre du 20 courant, ainsi que la copie de la lettre du duc de Portland,
par rapport à la formation de la brigade irlandaise, et je m'empresse de vous informer que
d'après le rapport très desavantageux qu'a rendu le general Abercromby du 2^d regiment de
cette brigade à l'époque de son arrivée aux isles [1], je me suis trouvé dans la nécessité
d'ordonner qu'il fut transferré à la Jamaïque, pour y être *drafté* [2] dans le 3° régiment ; mais,
en même tems, j'informois le comte de Balcurres qu'il dependoit de lui de *drafter* celui des
deux regimens qu'il jugeroit à propos d'après l'inspection qu'il en seroit faite, et l'état dans
lequel ils se trouveroient respectivement. Or, le 3° regiment ayant été envoyé à St Domingue,

1. Antilles.
2. De l'anglais : *draft*, détacher, verser.

le lord Balcurres reçut ordre d'y faire passer aussi le second ; et le lieut general Seincoe fut requis de faire executer la mesure qui avoit été dictée à Milord Balcurres, en lui accordant la même latitude. Il lui fut ordonné également de remplir dans le regiment qui recevroit les *drafts* les emplois vacquans, en y plaçant les officiers reformés, de manière que le major du second regiment seroit placé dans le même grade, au troisième (qui est la situation pour laquelle vous recommandez le capitaine O'Shielt) ; mais dans le cas où ce dernier regiment fut réformé, au lieu du second, le grade en question ne seroit point rempli.

Le tems qui s'est écoulé depuis que ces ordres ont été donnés en a assurément decidé l'exécution ; et quoique je ne puis que regretter l'inconvénient et les desagrémens qui doivent necessairement en résulter pour tant d'individus, il m'est impossible de faire désormais changer des arrangemens que Sa Majesté s'est plu de rendre définitifs.

Je vous prie d'agréer les assurances de mon estime et je suis,

> Monsieur,
> Votre très affectioné
>
> FREDERIK [1].

Monsieur
Monsieur le comte WALSH DE SERRANT.

Napoleon par la grâce de Dieu, Empereur des Français, Roi d'Italie, protecteur de la confédération du Rhin, médiateur de la confédération Suisse, à tous presents et à venir, salut.

Par l'article treize du premier statut du premier mars mil huit cent huit, nous nous sommes réservé la faculté d'accorder les titres que nous jugerions convenables à ceux de nos sujets qui se seront distingués par des services rendus à l'État et à nous. La connaissance que nous avons du zèle et de la fidélité que notre cher et amé le sieur Walsh-Serrant a manifestés pour notre service, nous a déterminé à faire usage en sa faveur de cette disposition. Dans cette vue, nous avons, par notre décret du quinze avril mil huit cent dix, nommé notre cher et amé le sieur Walsh-Serrant, comte de notre empire.

En conséquence et en vertu de ce décret, ledit sieur Walsh-Serrant s'étant retiré par devant notre cousin le Prince Archi-Chancelier de l'empire, à l'effet d'obtenir de notre grâce les lettres patentes qui lui sont nécessaires pour jouir de son titre ; nous avons par ces présentes, signées de notre main, conféré et conférons à notre cher et amé le sieur Antoine-Joseph-Philippe Walsh-Serrant, président du collège électoral du Finistère, né à Cadix, le dix sept janvier mil sept cent quarante quatre, le titre de comte de notre empire, sous la dénomination de comte de Serrant. Ledit titre sera transmissible à sa descendance directe, légitime, naturelle ou adoptive, de mâle en mâle, par ordre de primogéniture, après qu'il se sera conformé aux dispositions contenues en l'article six de notre premier statut du premier mars mil huit cent huit.

Permettons audit sieur Walsh-Serrant de se dire et qualifier comte de Serrant, dans tous actes et contrats, tant en jugement que dehors ; voulons qu'il soit reconnu partout en la dite qualité ; qu'ils jouisse des honneurs attachés à ce titre, après qu'il aura prêté le serment

---

1. Duc d'York et d'Albany, frère des rois Georges IV et Guillaume IV, fils de Georges III.

prescrit en l'article trente sept de notre second statut, devant celui ou ceux par nous délégués à cet effet, qu'il puisse porter en tous lieux les armoiries telles qu'elles seront figurées aux presentes :

Ecartelé, au premier, des comtes présidents de collèges électoraux ; au deuxième, d'argent au chevron de gueules, accompagné de trois fers de lance évidés de sable, deux en chef, un en pointe ; au troisième, d'argent au sautoir de gueules ; au quatrième d'azur au lion d'or,. chargé d'une fasce partie d'argent et de gueules ; pour livrées : les couleurs de l'écu. .

Chargeons notre cousin le Prince Archi-Chancelier de l'empire de donner communication des présentes au Sénat, et de les faire transcrire sur ses régistres. Car tel est notre bon plaisir. Et afin que ce soit chose ferme et stable à toujours, notre cousin le Prince Archi-Chancelier de l'empire, de donner communication des présentes au Sénat, et de les faire transcrire sur ses registres ; car tel est notre bon plaisir. Et afin que ce soit chose ferme et stable à toujours, notre cousin le Prince Archi-Chancelier de l'empire y a fait apposer, par nos ordres, notre grand sceau, en presence du conseil du sceau des titres.

Donné en notre palais de St Cloud, le deux du mois de septembre de l'an de grâce mil huit cent dix.

NAPOLÉON.

Scellé le sept septembre mil huit cent dix :

Le Prince Archi-Chancelier de l'empire,

CAMBACÉRÈS.

(*Au revers*) : Transcrit sur les registres du Sénat, le vingt huit septembre mil huit cent dix ; le chancelier du Sénat :

DE LAPLACE.

(Sceau pendant en cire rouge sur rubans de soie).

(Ce registre est aux Archives Nat. série AD.)

Londres le 11 8bre 1814.

Je vous renvoye, Monsieur, le mémoire que vous m'avez fait parvenir avec l'apostille que vous désiriez ; j'éprouverai une véritable satisfaction, si elle peut vous procurer l'avancement au service que vous méritez si bien par le zèle et le dévouement à la cause de S. M. que vous avez témoigné pendant le tems que j'ai eu le plaisir de vous avoir avec moi : Croyez, Monsieur à la sincère affection et amitié que je vous ai vouée

L. H. J. DE BOURBON.

Louis, par la grâce de Dieu Roi de France et de Navarre, prenant une entière confiance dans les talens, la valeur, la bonne conduite, et dans la fidélité et l'affection à notre service,

Enregistré au conseil du sceau des titres : registre P. M. 2, fol. 427 :

(*Signé*) Le baron DUDON.

13

du s^r comte de Walsh-Serrant (Antoine Joseph) ancien officier en retraite, lui avons conféré et conférons le grade de lieutenant général, pour tenir rang du premier janvier mil sept cent quatre vingt treize.

Mandons à nos officiers généraux, et autres à qui il appartiendra, de le reconnaître et faire reconnaître en cette qualité.

Donné à Paris le vingt trois octobre 1816.

LOUIS.

Par le Roi :

Le ministre secrétaire d'État de la guerre,

M^{al} D. DE FELTRE.

———

Louis Philippe Ier Roi des Français, à tous présens et à venir, salut.

Le marquis Ollivier Ludovic Charles Robert de Walsh Serrant, né à Londres, royaume uni de la Grande Bretagne et d'Irlande, le vingt sept août mil sept cent quatre vingt dix sept, nous a fait exposer qu'une décision royale en date du 22 mars mil huit cent vingt quatre lui a transféré, à l'occasion de son mariage avec la D^e Élise Honorée Françoise Marie Elrique D'hericy, née à Paris le dix ventôse an neuf, (premier mars mil huit cent un), la Grandesse d'Espagne de première classe possédée par elle comme. héritière, par feue sa mère, du comte Charles de la Mothe-Houdancourt en faveur duquel la dite Grandesse avait été instituée par diplôme du Roi Philippe V en date du dix sept septembre mil sept cent vingt deux, pour être transmise à perpétuité dans sa descendance mâle et femelle ; que depuis, et en mil huit cent trente, feu le Roi Ferdinand VII ayant substitué le titre de duc à celui de comte sous lequel cette Grandesse avait été instituée et transmise, l'exposant nous a fait supplier de vouloir bien lui accorder, à l'effet de pouvoir porter ce titre de duc en France, notre autorisation que, par nos ordonnances en date des vingt quatre avril mil huit cent trente six et vingt cinq mai mille huit cent trente sept, rendues sur le rapport de notre garde des sceaux, ministre secrétaire d'État au Département de la justice et des cultes, nous avons jugé à propos de lui concéder, sous la condition expresse, par lui, de se pourvoir de lettres-patentes émanées de nous.

A ces causes, et le dit marquis Ollivier Ludovic Charles Robert de Walsh Serrant s'étant retiré par devant notre garde des sceaux, à l'effet d'obtenir les lettres-patentes qui lui sont nécessaires, avec attribution d'armoiries, nous l'avons autorisé, et par ces présentes, signées de notre main, nous l'autorisons à porter en France le titre de Duc Espagnol, tel qu'il a été attaché, au lieu et place de celui de comte, à la Grandesse d'Espagne de première classe qu'il possède du chef de son épouse. Voulons qu'il puisse, en tous lieux, se qualifier de ce titre de duc, et le prendre en tous actes et contrats le concernant, tant en jugement que hors jugement. Lui permettons de porter en tous lieux les armoiries timbrées telles qu'elles sont figurées et coloriées aux présentes, savoir : Écartelé : au 1er coupé cousu d'azur et de gueules, l'azur chargé de trois étoiles d'argent, rangées en fasce ; au 2e d'argent, au sautoir de gueules ; au 3e d'or, au chef d'azur emmanché de quatre pièces et deux demies ; au 4e d'argent au chevron de gueules, accompagné de trois roses du même : sur le tout, aussi d'argent, au chevron de gueules accompagnée de trois fers de lance en forme de dards, dentelés à l'intérieur, de sable : parti d'argent à trois porcs-épics de sable, posés deux et ùn. L'écu timbré d'une couronne de duc.

Donnons en mandement aux conseillers en notre Cour Royale séant à Amiens dans le ressort de laquelle le duc de Walsh Serrant est domicilié, de publier et registrer les présentes, après avoir reçu. de lui, le serment prescrit par la Charte Constitutionnelle de 1830 : de laquelle prestation de serment il sera justifié à notre Commissaire au Sceau, aussitôt qu'elle aura eu lieu. Et afin que ce que dessus soit chose ferme et stable à toujours, notre garde des sceaux a fait appliquer aux présentes, par nos ordres, notre grand sceau, et nous y avons apposé notre seing royal.

Donné au palais des Tuileries, le vingt sixième jour d'octobre, mil huit cent trente huit.

Louis Philippe.

Par le Roi :

Le Garde des Sceaux,

Ministre secrétaire d'État au Dép^t de la Justice et des Cultes,

Ba........

Vu au Sceau :

Le Garde des Sceaux,

Ministre secrétaire d'État au Département de la Justice et des Cultes,

Ba.... ..